FELLNASEN-VERBRECHER

MISS DOLITTLES GEHEIMNIS
BAND 4

MOLLY FITZ

KATZENGEHEIMNISSE

ÜBER DIESES BUCH

Octocats sieben Leben stehen auf dem Spiel, als er und Angie endlich herausfinden, warum sie miteinander sprechen können …

Offensichtlich habe ich in meinem Job als Anwaltsgehilfin nicht genug rangeklotzt, auch wenn die Kanzlei nicht weiß, dass ich heimlich als die beste und einzige Tierflüsterer-Detektivin der Gegend arbeite und hinter den Kulissen höchst knifflige Fälle löse. Jetzt haben sie einen Praktikanten eingestellt, der mich „unterstützen" soll, damit ich mein Arbeitspensum schaffe …

Aber meine Chefs haben anscheinend keine Ahnung, dass sie sich einen fiesen Kriminellen mit ins Boot geholt haben. An dem Typen ist etwas faul, das könnte ich schwören, und mein Kater Octocat hat das schon auf einen Kilometer gegen den Wind gewittert. Und das Schlimmste daran? Ich bin mir ziemlich sicher, dass auch er mit Tieren sprechen kann ... und dieses Talent ganz sicher nicht dazu nutzt, um Verbrechen aufzuklären und sich für Gerechtigkeit einzusetzen.

Ich habe mich immer gefragt, wie ich durch den Stromschlag einer alten Kaffeemaschine zu übernatürlichen Fähigkeiten gekommen bin. Jetzt ist es an der Zeit, das ein für alle Mal herauszufinden. Denn ich befürchte, dass ich diese Fähigkeiten – und noch dazu meinen treuen sprechenden Katzenkumpel – für immer verlieren könnte.

WARNUNG! *Dieses Buch enthält einen Hauch von Magie. Denn wie sonst ließe sich Angies plötzliche Verwandlung zur Tierflüsterin, die ihr Leben völlig auf den Kopf gestellt hat, erklären? Wenn dir paranormale Phänomene nicht geheuer sind, dann spring besser direkt zum 5. Band der Octocat-Saga, TIERISCHE TÄUSCHUNG.*

ANMERKUNG DER AUTORIN

Hallo. Danke, dass du dieses Buch gekauft hast. Wenn du ebenfalls ein großer Fan von spannenden, schrägen Tierkrimis bist, sollten wir unbedingt Freunde werden.

Wie wäre es, wenn du direkt einmal meine Facebook-Seite besuchst, die ich speziell für meine treuen deutschen Leser eingerichtet habe? Hier der Link dazu: **Facebook.-com/Katzengeheimnisse**

Oder melde dich für meinen Newsletter an und sichere dir als Abonnent gratis ein digitales Geschenkpaket, einschließlich einer exklusiven Kurzgeschichte über Octocat: **Katzengeheimnisse.com/Abonnieren**

Ich bin sicher, wir werden eine Menge

Spaß miteinander haben. Also schnell umblättern ...

Wir sehen uns dann auf der nächsten Seite.

MOLLY

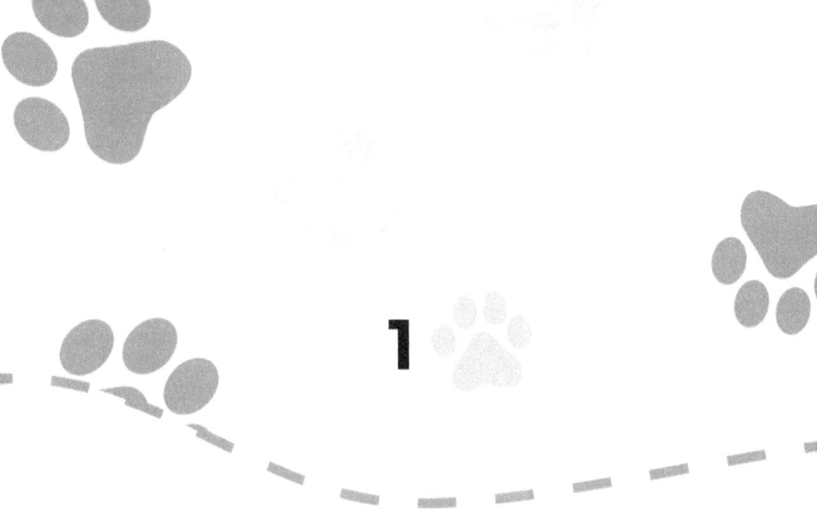

1

Hi, ich bin Angie Russo, und ich lebe in einer alten Villa an der US-amerikanischen Ostküste. Das klingt erst mal toll, doch mein Leben ist mitunter ganz schön hart. Und das Haus gehört mir auch nicht wirklich, sondern vielmehr meinem Kater, denn immerhin ist es sein Treuhandfonds, durch den sich die Hütte finanziert.

Das mag wie ein Sechser im Lotto klingen, ich weiß, aber eine sprechende Katze, die dich tagein, tagaus herumkommandiert, kann dir das Leben echt zur Hölle machen.

Ja, das stimmt wirklich:

Meine Katze kann sprechen.

Das heißt, wir verstehen uns gegenseitig und reden miteinander. Ich bin mir nicht sicher, wie oder warum wir diese seltsame Verbindung haben, aber es funktioniert. Und so sehr ich mir auch oft wünsche, eine genaue Erklärung dafür zu bekommen – manchmal muss man die Dinge einfach annehmen, wie sie sind. Es ging alles wahnsinnig schnell damals, als es passierte. Ich fuhr zur Arbeit ohne irgendwelche besonderen Fähigkeiten, was die Kommunikation mit Tieren angeht, wurde durch den Stromschlag einer defekten Kaffeemaschine ausgeknockt, und als ich wieder zu mir kam – *Simsalabim* –, konnte ich mich plötzlich mit diesem Kater unterhalten.

Ich habe beschlossen, es als einen Schicksalsschlag zu betrachten, denn es fühlt sich wirklich so an, als wären Octocat und ich füreinander bestimmt. Allein in den letzten sechs Monaten haben wir durch unsere unglaubliche Teamarbeit drei unterschiedliche Mordfälle aufgeklärt. Ich schätze, das ist auch der Grund, warum ich den Rat meiner Mutter in Betracht ziehe, offiziell eine Detektei zu eröffnen. Sie hat mir den Namen „Miss Doolittle, die Tierflüsterer-Detektivin" verpasst, und zwar nicht, damit die ganze Welt von meinem seltsamen Talent erfährt – das möchte ich ganz und gar nicht –, sondern weil wir eine Ausrede brauchten, damit ich Octocat auf meine Schnüffel-Touren mitnehmen kann.

Schließlich wäre ich kein guter Sherlock ohne meinen Watson. Okay, wahrscheinlich *bin ich* der Watson in unserer Beziehung. Wer jemals eine Katze hatte, wird verstehen, was ich meine.

Trotzdem muss ich zugeben, dass sich mein ganzes Leben zum Besseren gewandelt hat, seit Octocat ein Teil davon ist. Davor war ich recht ziellos unterwegs und ließ mich von einem Studienfach zum nächsten treiben. Mit welchem Ergebnis? Jetzt habe ich sieben Associate Degrees, also sieben halbe Bachelor-Abschlüsse, weil ich mich nicht auf ein Hauptfach festlegen konnte.

Nie fühlte sich etwas wirklich richtig an, als würde es genau zu mir passen, aber ich habe es trotzdem weiter versucht, weil ich wusste, dass irgendwo da draußen mein Traumjob wartete – auch wenn mir noch nicht klar war, was das sein könnte.

Das Streben nach höheren Dingen scheint bei uns wohl in der Familie zu liegen, allerdings habe ich mir lange Zeit Sorgen gemacht, dass ich völlig aus der Art schlagen und dass es bei mir niemals klappen würde.

Meine Großmutter folgte in jungen Jahren ihrem Traum und wurde ein Star am Broadway, und meine Mutter ist inzwischen zur bekanntesten Nachrichtensprecherin von ganz Blueberry Bay avanciert. Auch mein Vater hat sich selbst verwirklicht: Er ist der

Sportmoderator des Fernsehsenders, für den auch meine Mom arbeitet.

Jetzt endlich, nach einer langen, verzweifelten Suche, wurden meine Hoffnungen und Gebete endlich erfüllt, und ich habe den perfekten Beruf für mich gefunden – Privatdetektivin. Was soll's, wenn ich noch nicht dafür bezahlt werde? Das könnte ich wahrscheinlich ändern, wenn ich alles daransetzen würde, mein Business ans Laufen zu kriegen.

Aber ich möchte meine Kanzlei „Longfellow, Peters & Associates" nicht im Stich lassen. Wir sind ein gutes Team, und ich bin richtig stolz, dass meine Kollegin Bethany Peters, mit der mich eine Art Hassliebe verbindet, zur neuen Anwaltspartnerin ernannt wurde. Selbst wenn ich mir sicher bin, dass die Firma mit ihr und Charles jetzt in den besten Händen ist, aber dort aufhören, um sich selbständig zu machen?

Diesen Gedanken finde ich ziemlich beängstigend.

Ich bin zwar im Moment nur in Teilzeit beschäftigt, jedoch sind diese zwanzig Stunden pro Woche gut investierte Zeit, denn ich weiß, dass ich etwas bewirke. Und trotzdem juckt es mich in den Fingern ...

Verflixte Kiste. Es ist mir noch nie so schwergefallen, einen Job aufzugeben. Warum kann ich nicht einfach meine Kündigung einreichen und sagen: „Bis dann mal?"

Vielleicht sehnt sich ein Teil von mir immer noch nach einer Chance bei Charles, natürlich vorausgesetzt, dass er dieser nervigen Immobilienmaklerin, mit der er zusammen ist, den Laufpass gibt. Möglicherweise spielt auch Bethany eine Rolle, wo wir doch so hart daran gearbeitet haben, unsere Differenzen zu überwinden.

Wahrscheinlich ist mir auch nicht wohl bei der Vorstellung, die Tage und Nächte rund um die Uhr zu Hause zu verbringen, in Gesellschaft meines kratzbürstigen Katers. Großmutter lebt zwar jetzt auch bei uns, aber Octocat lässt seine Launen nur an mir aus. Aber das ist wohl kein Wunder, da ich der einzige Mensch bin, der ihn versteht.

Letzten Endes verlangt uns das Leben hin und wieder harte Entscheidungen ab.

Nur war ich noch nie so gut darin, sie zu treffen.

Daher warte ich besser noch ein paar Wochen ab. Vielleicht wird sich der richtige Weg ganz von selbst ergeben. Ja, ich denke, das klingt nach einem Plan.

Und bis es so weit ist, werde ich einfach weiter darauf hoffen, dass ich es irgendwann schaffe, meinen ganzen Mut zusammenzunehmen und meinen Plan in die Tat umzusetzen. Zuerst muss ich mir jedoch absolut sicher sein, dass es wirklich das ist, was ich will, aber dann …

Nehmt euch in Acht, ihr da draußen, denn hier kommt Angie Russo!

* * *

„Ich habe Muffins mitgebracht!", verkündete ich, als ich an diesem Morgen mit zehn Minuten Verspätung in der Firma eintrudelte. Es fiel mir immer noch schwer, mich auf meinen neuen Arbeitsweg zeitlich einzustellen, aber ich hoffte, dass Grandmas selbstgemachte Küchlein meine Unpünktlichkeit mehr als wettmachen würden.

„*Ähem*", räusperte sich jemand, der am Schreibtisch neben der Tür saß. An *meinem* Schreibtisch.

Ich wirbelte so schnell herum, dass ich den Korb fallen ließ und die schönen Muffins alle auf den Boden purzelten. Großmutters mühevolle Arbeit war von einem Moment auf den anderen ruiniert. Wie gut, dass sie so gerne backte und wahrscheinlich schon eine neue Ladung zu Hause bereithielt.

„Komm, ich helfe dir", sagte der fremde Typ und eilte herbei, um die Muffins mit einzusammeln, aber auf diese Hilfe konnte ich wirklich gut verzichten. Der sollte besser verschwinden. Wer war dieser

Eindringling überhaupt, und was wollte er hier? Ich beobachtete ihn aus den Augenwinkeln. Er wirkte groß und schlaksig, hatte weiß-blonde Haare und trug eine betont große, schwarz umrandete Brille.

„Oh, gut", rief Bethany erfreut und klatschte einmal in die Hände, während sie lächelnd auf uns zukam. „Du hast Peter schon kennengelernt."

„Peter?", fragte ich stirnrunzelnd, als er mir zur Begrüßung die Hand entgegenstreckte. Jetzt, wo er mir direkt gegenüberstand, sah ich, dass er ein offenes Hemd trug und darunter ein T-Shirt mit dem Aufdruck: *„Schon wach? Ja. Bereit? Haha!* Wie reizend. Abgerundet wurde sein Outfit durch eine zerknitterte, kakifarbene Cargohose. Meine Ex-Chefs, Fulton und Thompson, hätten das zu ihrer Zeit *niemals* durchgehen lassen. Auch wenn die Firma ohne sie jetzt besser dran war, aber konnten wir nicht wenigstens versuchen, wie Profis auszusehen?

„Du bist Angie, richtig?", fragte Peter, schnappte sich einen der Blaubeer-Muffins, die auf dem Boden gelandet waren, und stopfte ihn sich mit großen Augen in den Mund. „*Mmm*", schmatzte er und zeigte darauf. „Superlecker."

Ich mochte diesen Kerl von Minute zu Minute weniger, aber Bethany schien so begeistert zu sein, uns einander vorzustellen, dass ich mich zu einem

Lächeln zwang und ihm trotz meiner inneren Abneigung die Hand schüttelte.

„Peter ist unser neuer Praktikant", erklärte sie. „Er wird dich unterstützen, dein Arbeitspensum zu schaffen."

„Ich brauche keine Hilfe, um mein Pensum zu schaffen", schoss ich zurück und entzog mich Peters Griff, da er unhöflicherweise immer noch meine Hand festhielt.

Bethany runzelte die Stirn. „Das stimmt so nicht ganz. Es ist für uns alle schwieriger geworden, seitdem du nur noch halbtags arbeitest, aber das ist schon in Ordnung. Peter wird die Dinge wieder ins Lot bringen. Er ist der perfekte Mann dafür."

Ja klar, also mein Umstieg auf eine Teilzeitstelle war das Problem und nicht die Tatsache, dass in diesem Jahr die Kanzleipartner *Bäumchen wechsle dich* gespielt hatten.

„Was genau sind seine Qualifikationen?", wollte ich wissen und bedachte ihn mit einem kühlen Blick.

Peter schob sich die restlichen Muffin-Krümel in den Mund und nuschelte: „Ich bin ihr Cousin und arbeite für den Mindestlohn."

Bethany warf ihm einen bösen Blick zu, der mir bestätigte, dass er sie auch nervte. Immerhin fühlte ich mich jetzt ein bisschen besser bei der ganzen

Sache. „Wirklich, Peter. Das geht doch niemanden etwas an, also bitte hör auf, das so herumzuposaunen."

„Tut mir leid", murmelte er achselzuckend, doch anscheinend war es ihm in Wirklichkeit völlig egal.

Warum war er hier? Ich bin vielleicht nicht die beste Anwaltsassistentin der Welt, aber sicher um Längen besser als dieser Typ. Er hatte wahrscheinlich nicht mal einen Abschluss. Das konnte doch nicht wahr sein. Ich hasste diesen Peter und alles an ihm, obwohl ich nicht genau wusste, warum.

„Warte mal", sagte ich, als mir etwas klar wurde. „Dein Name ist Peter Peters? Das klingt wie ein Superheld."

„Oder ein Superschurke", konterte er mit einem weiteren Achselzucken und setzte dabei ein seltsames Lächeln auf.

„Wie auch immer", unterbrach uns Bethany und inspizierte dabei ihre glänzenden Lackpumps, wohl um sich zu vergewissern, dass keine Muffin-Krümel daran klebten. „Heute ist Peters erster Tag, weshalb ich ihn gebeten habe, ein bisschen früher zu kommen. Könntest du ihm helfen, damit er schnell startklar ist? Ihm zeigen, wie hier alles läuft?"

„Wie was läuft?", erwiderte ich missbilligend. Babysitter für einen nervigen Kerl zu spielen, der hier nur dank reiner Vetternwirtschaft einen Job bekommen hatte, stand normalerweise nicht auf meinem morgendlichen Arbeitsplan.

Nein, eigentlich hätte ich genau in diesem Moment in Bethanys Büro sein sollen, um mich mit einer Tasse ihres köstlichen Kaffee zu stärken, den sie immer für mich aufbrühte. Ich selbst würde nie mehr im Leben eine Kaffeemaschine anfassen, aber es gab mir immer einen Kick, wenn jemand anderes bereit war, den Barista für mich zu spielen.

„Nur die Sachen, die du normalerweise auch machst", antwortete sie mit einer wegwerfenden Geste und wandte sich ab. „Wenn mich einer von euch braucht, ich bin in meinem Büro. Ich habe fast den ganzen Vormittag Termine mit Mandanten, sollte aber um die Mittagszeit wieder Luft haben."

„Okay, bis dann", sagte ich und drehte mich resigniert zu meinem neuen Praktikanten um. Das dürfte so ziemlich der schlimmste Arbeitstag aller Zeiten werden.

Er lächelte und winkte seiner Cousine hinterher. Mit einem „Tada!" wandte er sich alsdann zu mir und rief: „Okay, dann zeig mir mal, wie ich du sein kann, wenn ich groß bin."

Das hat er nicht wirklich gesagt!

Damit war das Thema Kündigung für mich erst

mal vom Tisch. Ich konnte die Kanzlei auf keinen Fall mit diesem Trampeltier von Anwaltsgehilfen alleinlassen. Ich wünschte mir, man könnte ihn wie im Film ratzfatz umstylen und einen anderen Menschen aus ihm machen. Die Szenen dazu hatte ich schon im Kopf, untermalt von einem meiner Lieblings-Popsongs aus den 80ern. Job erledigt und weiter geht's! Nur leider funktioniert das im echten Leben nicht.

„Lass uns erst mal dein E-Mail-Konto einrichten", seufzte ich und ging an meinen Schreibtisch, den wir uns nun anscheinend teilen mussten.

„Ja, cool. Und wann bekomme ich mein Firmen-iPhone?" Er legte den Kopf schief und watschelte dann hinter mir her wie ein verlorenes kleines Entlein.

„Was? Warum sollten wir dir ein eigenes Handy geben?"

„Äh, hallo. FaceTime." Dabei formte er mit seinen Händen ein Rechteck von der Größe eines Smartphones vor seinem Gesicht.

Ab dem Moment fand ich ihn nicht mehr einfach nur nervig, sondern schlichtweg gruselig. FaceTime war genau die App, die ich benutzte, um meinen Kater von der Arbeit aus anzurufen. Unser Seniorpartner Charles hatte es einmal mitbekommen, als er noch ganz neu in der Kanzlei war, und mich dann mehr oder weniger erpresst, ihm mit Octocat bei einem vertrackten Fall zu helfen. War es nur ein Zufall, dass dieser Peter Peters jetzt darauf anspielte?

Oder wusste er etwas, das mich in sehr große Schwierigkeiten bringen könnte?

Oh, das gefiel mir nicht. Das gefiel mir ganz und gar nicht.

2

Leider wurde es mit Peter im Laufe des Tages nur noch schlimmer. Er verhielt sich mir gegenüber die ganze Zeit total abfällig, gleichgültig oder einfach nur widerlich und bewies schnell, dass er keinerlei Erfahrung mitbrachte, die für diesen Job – meinen Job – nötig war. Tatsächlich ging er mir so sehr auf die Nerven, dass ich beschloss, mich über Bethanys Kopf hinweg an Charles zu wenden. Schließlich war er der Seniorpartner der Kanzlei, und sicher würde er mir zustimmen, dass es ein katastrophaler Fehler war, diesen Kerl einzustellen, oder?

Natürlich lagen die Dinge zwischen Charles Longfellow und mir weiterhin recht kompliziert. Zum einen war ich in ihn verliebt gewesen und trug diese unerwiderten, romantischen Gefühle irgendwie immer noch mit mir herum. Zum anderen waren wir in den paar Monaten, seit er in der Firma angefangen hatte, gute Freunde geworden. Ich hatte ihm bei einem wichtigen Fall aus der Patsche geholfen, sodass sein Mandant Brock Calhoun freigesprochen wurde. Tja ähm, und Letzterer war der andere Typ, in den ich aktuell ein bisschen, nun ja, verknallt war.

Doch auch wenn mich Charles damals ein wenig erpresst hatte, war er ein absoluter Profi. Sonst hätte er es auch nicht so rasch an die Spitze der Firma geschafft, und deshalb vertraute ich ihm. Er würde sicher die richtige Entscheidung treffen, was Peter Peters betraf. Ich studierte seinen Terminkalender, und als sich eine Lücke auftat, stürmte ich direkt in sein Büro, wobei ich sogar vergaß anzuklopfen, so eilig hatte ich es.

Oh, hätte ich das doch besser nicht vergessen!

„Angie", rief er erschrocken, räusperte sich und richtete seine Krawatte. Es war jene Krawatte, die ihm Großmutter vor etwa einem Monat zur Hauseinweihung geschenkt hatte – aus dunkelroter Seide, mit einem filigranen weißen Pfotenmuster und einer leicht kitschigen, aber dennoch klassisch-edlen Anmutung.

Seine Freundin Breanne löste sich aus seinen

Armen und blickte grinsend über ihre Schulter. Ihr feuerrotes Haar passte nicht zu Charles' Krawatte, und auch sonst passte alles an ihr nicht zum Rest von ihm. Ich konnte immer noch nicht glauben, dass er sich aus allen Frauen von Blueberry Bay ausgerechnet *sie* ausgesucht hatte. Seit Monaten schienen die beiden unzertrennlich zu sein, und so langsam befürchtete ich, dass sie vielleicht schon bald vor den Traualtar treten würden.

Zugegeben, ich kannte Charles selbst auch nicht viel länger, aber mein Gefühl hatte mir immer gesagt, dass er und ich ein wesentlich besseres Paar abgeben würden – das hätte einfach viel besser gepasst. Allerdings erschien es mit jedem Tag unwahrscheinlicher, dass wir doch noch zueinanderfinden würden. *Breanne, diese Idiotin.*

Es vergingen einige peinliche Sekunden, dann sagte Charles zu ihr: „Wir sehen uns heute Abend. Okay, Baby?"

„Ich werde auf dich warten", hauchte Breanne und ließ sich mit einem süffisanten Grinsen in meine Richtung einen Abschiedskuss geben. Daraufhin schlenderte sie mit schwingenden Hüften an mir vorbei. Habe ich schon erwähnt, dass ich sie absolut nicht leiden kann? Sie ist unerträglich.

Charles seufzte und ließ sich in seinen ledernen Schreibtischsessel sinken. „Was gibt's, Angie?"

„Entschuldige die Störung", erwiderte ich und versuchte dabei, mit meinem Zeigefinger den eingerissenen Daumennagel abzuknibbeln, der mich schon den ganzen Morgen gestört hatte. Es war eine schlechte Angewohnheit von mir, die mich immer überkam, wenn ich nervös war. Charles und Breanne beim Knutschen zu erwischen, hatte mich vollends aus dem Konzept gebracht, und ich konnte mich auch nicht mehr an die Worte erinnern, die ich mir vorher schon zurechtgelegt hatte.

Ich würde ihm wohl ganz frei heraus sagen müssen, was ich auf dem Herzen hatte.

Ich schloss die Tür hinter mir, trat näher und nahm auf einem der beiden Besucherstühle Platz, die ihm gegenüber auf der anderen Seite seines Schreibtischs standen. „Es geht um den neuen Mitarbeiter, den Bethany eingestellt hat."

„Peter Peters?", fragte Charles mit einem leisen Schnauben. „Was ist mit ihm?"

„Ich kann ihn nicht leiden", sagte ich ohne Umschweife und hoffte, er würde es verstehen, ohne dass ich weiter ins Detail gehen musste. „Und ich will ihn nicht hier haben."

Charles seufzte. „Mein erster Eindruck von ihm

war auch nicht gerade der beste. Aber leider brauchen wir Hilfe."

„Können wir nicht jemand anderen finden?", jammerte ich. Diese weinerliche Nummer wirkte sicher etwas übertrieben, aber das war mir jetzt egal. Ich musste Charles unbedingt begreiflich machen, dass hier noch viel mehr auf dem Spiel stand.

Er runzelte die Stirn und starrte mich entnervt an: „Die Leute stehen nicht gerade Schlange, um hier arbeiten zu dürfen, angesichts, ähm – der jüngsten Ereignisse."

Stimmt. Da gab es ja noch die nicht unerhebliche Tatsache, dass die letzten Partner der Kanzlei uns unter ziemlich prekären Umständen verlassen hatten. Unser gutes Renommee, das wir zuvor mit der Aufklärung des Calhoun-Falls erlangt hatten, war dahin.

Gut, das war nicht mehr zu ändern, also sollten wir uns besser auf unsere aktuellen Probleme konzentrieren und die Vergangenheit ruhen lassen.

„Wenn es wirklich so dringend ist, könnte ich für eine Weile wieder Vollzeit arbeiten." Ich sagte das langsam und deutlich und hielt dabei vorsichtig Augenkontakt zu ihm. „Nur bis wir einen besseren Ersatz für Peter gefunden haben, meine ich."

Charles schüttelte wieder den Kopf. „Ich

wünschte, das ginge, aber Bethany ist meine Geschäftspartnerin. Wir treffen die Entscheidungen jetzt gemeinsam. Versuch doch bitte, Peter eine Chance zu geben. Ich bin mir sicher, du wirst dich an ihn gewöhnen."

Ich erhob mich, stützte mich mit den Händen auf dem Schreibtisch ab und lehnte mich so nah, wie ich mich traute, zu ihm rüber. Am liebsten hätte ich ihn jetzt geohrfeigt und genauso gerne auch geküsst. *Charles, dieser Idiot.*

„Ich glaube, er weiß über mich Bescheid. Über meine besondere Fähigkeit." Ich riss die Augen auf und versuchte, nicht zu blinzeln, bis ich sicher war, dass er es kapiert hatte.

„Über dich und ..." Er schluckte, bevor er fortfuhr: „Und dass du mit Tieren ...?" Als ich nickte, lehnte er sich zurück und atmete langsam aus. „Das wäre natürlich übel."

Ich richtete mich wieder auf. Ob es zwischen uns nun eine romantische Verbindung gab oder nicht, Charles und ich waren uns immer auf Augenhöhe begegnet. Ich wusste, dass er mich verstehen und einen Weg finden würde, um mich zu beschützen.

Doch er machte meine Hoffnung jäh zunichte.

„Aber das ist doch nicht möglich. Ich bin sicher, das hast du dir alles nur eingebildet."

„Alles nur eingebildet, ja?", rief ich empört aus und stemmte die Hände in die Hüften. „Ist das dein Ernst?"

Er schaute mich nicht an, sondern in die hinterste Ecke des Raums. „Was soll ich denn machen, Angie? Ihn aufgrund eines leeren Verdachts, der rein gar nichts mit seiner Tätigkeit hier zu tun hat, feuern?"

Wie unfair von ihm! Ich hatte ein echtes Problem und brauchte eine vernünftige Lösung dafür. Das konnte er doch nicht einfach ignorieren. Er konnte mich doch nicht einfach ignorieren. „Ja, genau das solltest du tun", erwiderte ich schrill, wobei ich mich in sein Blickfeld lehnte.

Er räusperte sich erneut und fixierte nun seine Computertastatur. „Tut mir leid, das geht nicht. Nicht ohne einen triftigen Kündigungsgrund."

Ich verschränkte die Arme vor der Brust und eilte zur Tür. Gerne hätte ich ihm jetzt alles Mögliche an den Kopf geschmissen, unter anderem, dass ich auf der Stelle kündigen würde, aber ich ließ es bleiben und ging ohne ein weiteres Wort hinaus.

Im nächsten Moment wäre ich um ein Haar mit Peter zusammengestoßen, der direkt vor Charles' Bürotür stand und an einem Apfel knabberte. „Versuchst du, mich loszuwerden?", fragte er tonlos, wobei er den Blick nicht von der Frucht in seiner

Hand abwandte. „Das ist ja nicht gerade eine nette Willkommensgeste."

„Was machst du hier?", fragte ich verwundert.

Peter biss erneut kräftig in den Apfel, und ein Spritzer von dessen Saft traf meine Wange. Er langte zu mir rüber, um ihn mit seinem Daumen wegzuwischen, aber ich konnte schnell genug aus seiner Reichweite springen.

Nachdem er alles heruntergeschluckt hatte, meinte er lächelnd: „Was glaubst du, warum ich hier bin? Um an dich heranzukommen, Angie. Um deine Geheimnisse aufzudecken und sie der Welt zu offenbaren."

Ich trat einen Schritt zurück und fühlte, wie sich Panik in mir breitmachte und mich wie ein tonnenschweres Gewicht zu erdrücken drohte. Ich konnte kaum atmen, geschweige denn etwas darauf erwidern. *Das* war ja wohl das Letzte.

Peter kam näher und legte mir eine Hand auf die Schulter. Er grinste übers ganze Gesicht und lachte dann laut auf. „Hey, du musst wirklich lernen, cool zu bleiben. Hast du mir diesen Müll gerade wirklich abgekauft?" Er schüttelte den Kopf, als wäre ich völlig blöde. „Ich bin hier, um etwas Geld zu verdienen und meiner Cousine zu helfen. Okay? Ich meine, mal ehrlich, Angie." Daraufhin trollte er sich und schlenderte zurück zu unserem gemeinsamen Schreibtisch.

Ich stand immer noch wie angewurzelt da. Was hatte Peter von meinem Gespräch mit Charles mitbekommen? Und wie viel wusste er bereits? Außerdem: warum überhaupt?

Und wie?

Wenn er mir nachspionierte, gab es bestimmt auch Hintermänner. Vielleicht war er nur eine Art Handlanger eines noch viel größeren Bösewichts, der Übles im Schilde führte. Ich konnte es mir nicht erklären, denn eigentlich war ich viel vorsichtiger geworden, um meine seltsame Fähigkeit zu verbergen.

Falls wirklich jemand hinter mir her sein sollte, was könnte ich tun, um meine und Octocats Sicherheit nicht zu gefährden? Ich hatte noch nie jemanden körperlich verletzt, doch Peters provokantes Auftreten ließ vermuten, dass uns irgendjemand unter Umständen schaden oder Angst einjagen wollte. Aber warum?

Plötzlich hatte ich das Gefühl, nirgendwo mehr sicher zu sein und dass es auch keinen Zweck hatte wegzulaufen, weil es da draußen Leute gab und immer geben würde, die Bescheid wussten.

Was sollte ich denn jetzt machen?

3

An diesem Tag konnte ich es kaum erwarten, aus dem Büro rauszukommen, doch auch nach Dienstschluss blieb mein Nervenkostüm angeknackst. Auf der ganzen Heimfahrt schaute ich immer wieder in den Rückspiegel, weil ich schon fast damit rechnete, dass Peter mir in irgendeiner alten Schrottkarre folgte. Ich hatte zwar keine eindeutigen Beweise, aber trotzdem sagte mir meine innere Stimme ganz klar, dass er es auf mich abgesehen hatte und dass schon bald etwas Schlimmes passieren würde.

Nicht gut, gar nicht gut.

Sicher, vielleicht war er auch nur ein stinknormaler, harmloser Spinner, der sich einfach nur ein bisschen auf meine Kosten amüsieren wollte. Möglich wär's. Und doch …

Seitdem ich durch den Stromschlag der alten Kaffeemaschine k. o. ging, was mir offenbar die Fähigkeit verlieh, mit Octocat zu sprechen, war auch meine Intuition extrem geschärft. Zugegeben, in einigen Dingen hatte ich mich auch schon geirrt, aber das lag meist daran, dass ich in diesen Momenten nicht klar denken konnte, weil meine Gefühle alles vernebelten. Wann immer ich innehielt und auf diese leise, kleine Stimme hörte, führte sie mich direkt zu der Antwort, die ich brauchte.

Doch gerade jetzt schien meine innere Stimme ziemlich heiser zu sein, weil sie in den letzten Stunden immer wieder „*Vorsicht, pass auf!*" gerufen hatte.

So sehr ich die Vorstellung auch hasste, aber hier ging es nicht nur darum, dass Peter sich in meinen Job einmischte und das Büro durcheinanderbrachte. Es ging vielmehr darum, diejenigen zu beschützen, die ich liebte – und dazu gehörte insbesondere auch der getigerte Kater, der vor einiger Zeit in mein Leben getreten war und dieses seitdem immer wieder auf den Kopf stellte. Also, wie könnte jemand, den ich gerade erst kennengelernt hatte, bereits diese eine sehr private Sache über mich wissen, die ich eigentlich niemandem anvertrauen wollte?

War es möglich, dass Peter mich durchschaut hatte, auch wenn ansonsten nur eine Handvoll Leute, die fast alle zu meiner Familie gehörten, von meiner Gabe wussten?

Ja gut, Charles war eingeweiht, aber selbst wenn er mich heute mit seiner Reaktion enttäuscht hatte, vertraute ich ihm, dass er es keiner Menschenseele erzählen würde. Bedeutete das, dass jemand anderes im Büro etwas darüber herausgefunden hatte? Manchmal passierte es mir, dass ich in Gegenwart anderer Leute mit meiner Katze redete, aber kaum einer würde deshalb wohl auf die Idee kommen, dass wir tatsächlich miteinander kommunizieren konnten. Man würde vielleicht annehmen, dass ich einfach nur eine leicht verrückte Katzennärrin bin, was mich überhaupt nicht störte, denn leicht verrückt trifft auf mich in der Regel ohnehin ganz gut zu.

Ich bog in die private Auffahrt ein, die zu meiner am Waldrand gelegenen Villa führte. Die Sommersonne stand hoch am Himmel, und überall in meinem Garten blühte es. In vielerlei Hinsicht war mein Leben ziemlich perfekt – ich hatte ein riesiges Anwesen, eine tolle Familie und einen coolen Kater, für dessen Pflege ich ein monatliches Gehalt aus seinem Treuhandfonds erhielt. Warum also konnte ich die Sache mit Peter nicht einfach auf sich beruhen lassen?

„Du siehst aus, als hättest du einen Stresstag gehabt", begrüßte mich Grandma, die mit mir in meinem Haus wohnte. Wie immer hatte sie ein frisches Mittagessen zubereitet, das jetzt dampfend auf dem Tisch stand. Jeden Tag warteten sie und Octocat schon auf mich, wenn ich von der Arbeit nach Hause kam. Grandma hatte immer ein paar nette Worte und eine Umarmung für mich parat, manchmal auch einen kleinen Scherz.

Von Octocat kamen meist nur Beschwerden. Heute streckte er seine Zehen aus, um seine beeindruckend scharfen Krallen zu zeigen, und stöhnte: „Die Sonne hat heute nicht genug Kraft. Ich kann meinen Nickerchen-Zeitplan nicht einhalten, wenn mein warmes Plätzchen einfach so verschwindet."

Ich hatte gerade wirklich andere Sorgen und zuckte mit den Achseln, zumal die Sonne auf dem Heimweg meinem Eindruck nach genauso herrlich schien wie heute Morgen. „Sorry, da kann ich dir leider nicht helfen."

Über fehlende Wärme hatte er schon oft geklagt.

Ob ich ihm doch so eine Infrarotlampe besorgen sollte? Eigentlich hatte ich darüber schon zigmal nachgedacht, mich aber immer wieder dagegen entschieden, weil ich seine Meckerei nicht auch noch belohnen wollte. Ach, zum Kuckuck, wem wollte ich etwas vormachen? Es war wohl nur eine Frage der Zeit, bis ich schließlich nachgeben würde. Mal sehen, vielleicht würde ich ihm eine zu Weihnachten schenken. Heute jedoch musste ich mich um andere Dinge kümmern.

Wir gingen in die Küche, aus der mir ein köstlicher Duft entgegenströmte, und ich schnupperte anerkennend. Seitdem meine Großmutter und ich vor ein paar Monaten zusammengezogen waren, hatte sie es sich zur Aufgabe gemacht, jeden Tag drei ordentliche Mahlzeiten für uns auf den Tisch zu bringen. Sie hatte ihre Leidenschaft fürs Kochen zwar erst recht spät im Leben entdeckt, war aber jetzt mit umso größerem Eifer dabei, und zum Glück hatte sie auch wirklich ein Händchen dafür.

„Französische Zwiebelsuppe", verriet sie mir mit leuchtenden Augen. „Setz dich, ich bringe sie dir gleich."

Ich hatte schon oft angeboten, ihr zu helfen, damit sie sich auch mal hinsetzen und eine Pause machen konnte, aber sie schob mich in der Regel gleich wieder aus der Küche und meinte, ich solle mich lieber auf meine Sachen konzentrieren.

„Warum bist du so fertig?", fragte sie, während sie einen dampfenden Teller vor mich hinstellte. Dann flitzte sie zurück an den Herd und kehrte kurz darauf mit ihrem eigenen zurück. Meine Großmutter wusste einfach immer, wenn etwas nicht in Ordnung war. Ihre hervorragende Intuition lag jedoch vermutlich an der Tatsache, dass man die als Mutter automatisch entwickelte, und nicht an einem beinahe tödlichen Elektroschock, verursacht durch eine defekte Kaffeemaschine, oder anderen übernatürlichen Kräften.

„Sie haben einen neuen Praktikanten eingestellt", erklärte ich und tauchte dabei den Löffel in die Suppe, die von einer dicken Schicht perfekt geschmolzenen Käses bedeckt war. Als Erstes kostete ich von der Brühe. *Mmm.* So gut.

Grandma lächelte, als sie sah, wie sehr mir ihr Essen schmeckte. Sie selbst legte den Löffel wieder weg, faltete die Hände vor sich und meinte: „Ich schätze, wir mögen diesen neuen Praktikanten nicht besonders." Auch das liebte ich an meiner wunderbaren Großmutter: Sie war immer auf meiner Seite, und ohne auch nur ein einziges Detail zu kennen, war sie sofort bereit, sich für mich einzusetzen und, wenn es denn sein musste, zu kämpfen. Erst vor ein paar Monaten hatte sie eine Polizistin verkloppt, weil diese mir Handschellen anlegen wollte.

„Definitiv nicht", antwortete ich und belud meinen Löffel aufs Neue mit der dickflüssigen Köstlichkeit, diesmal inklusive Zwiebeln und Käse. „Er ist mir nicht nur unheimlich, sondern ich glaube auch, dass er über mich Bescheid weiß. Du weißt schon, über mein Spezialtalent."

Grandma schüttelte den Kopf und sog die Luft durch die Zähne ein. „Das ist nicht gut. Überhaupt nicht gut." Schließlich begann auch sie, ihre Suppe zu essen und kostete zuerst einen der mit Brühe vollgesogenen Croutons.

„Was sollen wir jetzt tun?", fragte ich ratlos, nachdem ich ihr meinen schrecklichen Tag im Büro geschildert hatte.

„Also, Charles verdient ja wohl eine ordentliche Standpauke", erwiderte Grandma, wobei sie das Gesicht verzog. „Nach allem, was wir zusammen erlebt haben, will er dir kein bisschen helfen. Das wäre ja wohl nur fair gewesen."

Ich zuckte mit den Schultern und klapperte mit dem Löffel auf dem Tellerboden herum. „Keine Ahnung. Vielleicht bin ich einfach nur zu empfindlich, was diese ganze Sache betrifft."

„Hey, was redest du denn da? So habe ich dich

aber nicht erzogen", rief Grandma plötzlich so laut, dass ich überrascht zusammenzuckte. „Wir reden unsere Gefühle nicht klein und entschuldigen uns auch nicht dafür. Wir sind doch keine Roboter. Klaro?"

„Klaro", stimmte ich seufzend zu. „Wie soll ich denn nun mit Peter Peters umgehen? Sein Verhalten ist echt merkwürdig."

Octocat sprang auf den Tisch und stolzierte mitten zwischen den Tellern hindurch, wobei sich einige Haare aus seinem Fell lösten, von denen ein paar in meiner Suppe landeten. Jetzt war ich definitiv fertig mit Essen.

„Wenn du erlaubst", meinte er herablassend, blieb direkt vor mir stehen und deutete mit einer Vorder-pfote theatralisch auf sich selbst: „Ich glaube, ich habe die Lösung für dieses Problem."

„Er sagt, er hat eine Idee", übersetzte ich für Grandma, die lächelte und gespannt wartete, was da jetzt kommen würde. Sie liebte es, unsere Unterhal-tungen zu verfolgen, auch wenn sie ein bisschen Hilfe brauchte, um zu verstehen, was Octocat sagte.

„Nicht *eine* Idee", korrigierte er in einem leicht verärgerten Tonfall. „*Die* Idee."

„Okay, schieß los!", forderte ich ihn ungeduldig auf. Manchmal fand ich seinen Hang zum Drama ganz amüsant, aber nicht heute. Für eine solche Show war ich viel zu gestresst. Eine praktikable Lösung musste her, und zwar hier und jetzt.

„Du musst eine streunende Katze auf den Kerl ansetzen", verkündete mein Kater lapidar.

Ich verstand null, was er meinte. „Sag das noch mal. Was?"

„Eine streunende Katze. Nicht, dass ich jemals ein Streuner gewesen wäre." Er schüttelte sich und zuckte mit dem Schwanz. „Aber ich bin schon vielen von denen über den Weg gelaufen und kenne ihren Modus Operandi. Den meisten ist ihre Freiheit heilig, aber manchmal ist es für eine Katze auch hart, im Müll nach etwas zu Fressen zu suchen, wenn man stattdessen ein Premiumdosenfutter bekommen kann. Also machen sie hin und wieder gute Miene zum bösen Spiel, heben den Schwanz und miauen kläglich, wenn ein Mensch in der Nähe ist. Das tut innerlich weh, *das weiß ich* aus Erfahrung, aber es sind nur ein paar Momente der Überwindung, dann kann man sich den Bauch mit Katzenfutter vollschlagen. Verstehst du, was ich meine?"

Ich dachte einen Moment lang darüber nach und ignorierte die Tatsache, dass er mich wahrscheinlich gerade beleidigt hatte. Seine Analogien fand ich oft ziemlich schräg, sodass ich meist eine Weile brauchte, um sie zu kapieren, aber dann enthielten sie oft eine überraschend hilfreiche Message. Ich wiederholte Octocats Ausführungen für Grandma, die, bevor ich überhaupt zu Ende gesprochen hatte, zu verstehen schien, worauf er hinauswollte.

Sie musterte Octocat und nickte zustimmend, dann wandte sie sich wieder mir zu, mit einer wilden Entschlossenheit im Blick. „Wir starten jetzt die Operation *Mein Feind ist mein Freund*, raunte sie mit einer tiefen, heiseren Stimme, mit der sie wohl eine besonders toughe Lady mimen wollte.

Doch auch wenn ich unbedingt herausfinden musste, was Peter tatsächlich wusste und vor allem, was er wollte, war ich mir nicht sicher, ob ich es schaffen würde, mich ihm gegenüber freundlich zu geben, da ich ihn schon jetzt absolut verachtete.

Grandma mochte ein Star am Broadway gewesen sein, aber ich hatte leider kein bisschen ihres schauspielerischen Talents geerbt. Wie sollte ich Peter also dazu bringen, mir seine wahren Absichten zu verraten?

4

Es überraschte mich im Grunde gar nicht, dass Großmutter am nächsten Tag in der Kanzlei auftauchte. Sie trug ein schwarzes Satinkleid mit einem Bolero-Jäckchen und sah irgendwie aus, als wäre sie auf dem Sprung zu einem wichtigen gesellschaftlichen Ereignis, wo sie dann beim Hinausgehen ganz nonchalant den Gastgeber ausrauben würde. Sie hatte sich sogar viel intensiver geschminkt als sonst, mit Smokey Eyes und markantem Lidstrich, was ihren leicht verruchten Look noch unterstrich.

Mir war klar, sie vermisste ihre glorreiche Zeit am Broadway, in der sie für das Publikum sang, tanzte und ihr schauspielerisches Können zum Besten gab, aber musste sie deswegen gleich unseren Alltag in

Blueberry Bay zu ihrer Bühne machen? Und sie neigte definitiv zur Übertreibung. Beispielsweise erinnere ich mich nur zu gut daran, wie sie mich in einem Formel-1-Streckenpostenanzug zu meiner Führerscheinprüfung begleitete oder wie sie zu meinem Highschool-Abschluss auch so einen typischen Hut samt schwarzer Robe trug. Ihr Kleiderschrank reichte wahrscheinlich bis nach Narnia. Wie sonst sollte sie all die verrückten Outfits unterbringen, die sie offenbar in petto hatte?

War mir das peinlich? Nö, kein bisschen.

Ich liebte alles an ihr und hatte schon lange nicht mehr das Bedürfnis, mich für ihr exzentrisches Auftreten zu entschuldigen. Das war ein Teil von ihr, genauso wie ihr liebevolles, gütiges Herz, und um nichts in der Welt würde ich das eintauschen wollen. Trotzdem fragte ich mich in diesem Moment, welches Ass sie gerade im Ärmel beziehungsweise in ihrem langen Handschuh hatte.

„Hallo, zusammen!", rief sie und schlenderte ins Büro, als gehöre ihr der Laden. Sie trug eine Glasschale, deren Deckel sie sogleich abnahm, um frisch gebackene Apfeltaschen zu enthüllen.

Natürlich war es etwas mit *Apfel*, weil ich ihr gestern von der unangenehmen Begegnung mit Peter vor Charles' Büro erzählt hatte. Bloß war ich mir nicht sicher, ob dieser ganze Zirkus hier als Macht-spielchen gedacht war oder ob sie sich im Sinne unserer Operation *Mein Feind ist mein Freund* bei Peter einzuschmeicheln versuchte.

Bei Großmutter wusste man einfach nie, was in ihrem wunderbar verrückten Kopf vor sich ging.

„Hi, Grandma", rief ich und erhob mich von der kleinen Ecke meines Schreibtischs, die mir noch geblieben war. „Was machst du denn hier?"

Peter blieb sitzen, behielt uns aber im Auge und bedachte uns mit einem lässig-kühlen Lächeln.

„Hallo, Liebes." Großmutter gab mir Luftküsse statt einer Umarmung – ein weiterer Beweis dafür, dass sie heute wohl eine Art Charakterrolle spielte. Sogar ihre Stimme klang selbstsicherer und schallte lauter als sonst durch den Raum.

„Ach, du weißt doch, dass ich Ende des Monats diese fantastische Dinnerparty geben will. Jetzt teste ich im Vorfeld einige Outfits und Rezepte, um mir die Qual der Wahl für diesen großen Tag zu erleichtern." Sie zwinkerte mir kurz zu, hielt inne und legte den Kopf schief. „Und jetzt sag mir bitte: Wie sehe ich aus?"

Sie drehte sich langsam und anmutig im Kreis, als wäre es das Normalste der Welt, und bewies wieder einmal, was für eine großartige Schauspielerin sie war, die in jeder einzelnen Rolle völlig aufging. Zugegeben, sie spielte heute einfach nur eine absurde Version ihrer selbst, aber das war kein Grund für sie, nicht alles zu geben.

„Du siehst super aus", bestätigte ich ihr mit einem breiten Lächeln. Obwohl ich ihre Methoden mitunter zweifelhaft fand, bedeutete mir Grandma einfach mehr als alles andere.

„Danke", antwortete sie brav. „Und, wie schmecken die?" Sie hielt mir die offene Pyrex-Schale entgegen und warf mir dabei einen Hilfe suchenden Blick zu.

Ich nahm mir eines ihrer potenziellen Party-Desserts und biss hinein. „Absolut köstlich", antwortete ich ehrlich, denn das Törtchen war wirklich perfekt. Ach, hätte sie doch diese neue Leidenschaft fürs Backen schon früher entdeckt, als ich noch jünger war, dann hätte ich noch mehr davon gehabt. Andererseits, für meine schlanke Linie wäre das sicher nicht gut gewesen. Ich hatte diesen Monat bereits eine Kleidergröße zugelegt und war ganz und gar nicht scharf darauf, noch mehr zuzunehmen.

Grandma runzelte die Stirn und meinte dann weinerlich: „Oh, aber du sagst eh immer nur das, was ich hören will. Ich brauche eine unparteiische Meinung." Sie wirbelte wieder herum und schaut sich im Raum um, als wüsste sie nicht, dass Peter die einzige andere Person in der Nähe war.

„Sie da!", rief sie ihm zu, der uns immer noch aufmerksam beäugte, und bedachte ihn mit einem strahlenden Lächeln. „Würden Sie mir bitte mal offen und ehrlich sagen, wie sie die finden? Bitte, greifen Sie zu."

Er sprang auf und kam zu uns herüber. „Ich hatte gehofft, Sie würden mich fragen." Ohne eine weitere Aufforderung abzuwarten, griff er sich zwei der Gebäckstücke und verschlang sie mit riesigen Bissen.

„Echt gut", schmatzte er, den Mund noch immer voll. „Die sollten Sie unbedingt auf der Party servieren."

Großmutter runzelte erneut die Stirn. „Aber Sie haben die Alternativen doch noch gar nicht probiert. Woher wollen Sie mit Sicherheit wissen, dass diese die besten sind?"

Peter lachte leise und nahm sich eine dritte Apfeltasche. „Wenn die alle so gut sind, brauchen Sie sich keine Sorgen zu machen."

Sie legte ihre behandschuhte Hand auf Peters Arm und die andere auf meinen. „Oh, ich weiß!" Ihre Augen funkelten als sei ihr gerade die beste Idee des Jahrhunderts gekommen, obwohl ich keinen Zweifel hatte, dass sie mit genau diesem ausgeklügelten Plan in der Firma angerückt war. „Würde es Ihnen etwas ausmachen, heute Abend bei uns vorbeizukommen und einige der anderen Desserts zu probieren? Ich hätte gerne Ihre Expertenmeinung dazu, welches am besten ist."

Er verlagerte zögerlich sein Gewicht von einem Fuß auf den anderen. Heute trug er ein enges T-Shirt, auf das eine Herrenfliege und ein Hemdkragen aufgedruckt waren. Kombiniert hatte er dieses mit einer dunkelblauen, verwaschenen Jeans und einer Strubbelfrisur. Das Kämmen hatte er heute Morgen wohl vergessen. „Oh, ich weiß nicht, ob …"

„Bitte?", flehte Grandma ihn an, wobei sie die Schultern hochzog. „Diese Party ist so wichtig für mich. Es könnte die letzte sein, die ich gebe, bevor Gott mich zur großen Dinnerparty in den Himmel holt."

Wow, das hatte sie jetzt echt gesagt. Sie schreckte aber auch vor nichts zurück.

„Oh, na ja. Sicher, okay", antwortete Peter mit einem verwirrten Blick, lächelte dann jedoch hastig. „Es wäre mir ein Vergnügen."

Grandma strahlte augenblicklich wieder. „Wunderbar. Wir sehen uns heute Abend, mein Lieber. Um sechs Uhr?"

Während des gesamten Gesprächs hatte Peter

meine Großmutter angelächelt und mich geflissentlich ignoriert. Anscheinend hatte er also nur etwas gegen mich. Zumindest konnte ich mir sicher sein, dass Grandma mir seine Feindseligkeit glaubte, auch wenn meine Kollegen das nicht taten.

Er nickte und nahm sich noch zwei von den süßen Teigtaschen. „Klingt nach einem Plan."

„Hervorragend!" Großmutter hielt Peter die Glasschale entgegen. „Warum behalten Sie die nicht als Erinnerung an mich? Verderben Sie sich nur nicht den Appetit für heute Abend." Sie reckte den Arm nach oben, kniff ihm in die Wange und hauchte ihm zu meinem Entsetzen einen Luftkuss zu, bevor sie ihn losließ.

„Also, Liebes", meinte sie, als sie sich wieder zu mir umdrehte. „Dieses Kleid sieht zwar göttlich aus, aber ich habe nicht genügend Bewegungsfreiheit darin, und die brauche ich unbedingt an einem solchen Abend. Es geht zurück in die Boutique!"

Ich nickte wortlos.

Im Gehen warf sie Peter noch einen letzten Blick und einen weiteren Kuss über die Schulter zu. „Ich muss los. Angie gibt Ihnen die Adresse. Bis später!" Und damit verschwand sie genauso rasch, wie sie gekommen war.

Ich ging wieder an den Schreibtisch, während

Peter sich in einen der schweren Sessel im Wartebereich der Kanzlei fallen ließ und sich erneut an der Schüssel bediente. „Das war verrückt“, sagte er.

Ich zuckte mit den Schultern. „Das war Grandma.“

Er studierte das Gebäck in seiner Hand, dann weiteten sich seine Augen und er schob es sich in den Mund. „Sie ist lustig. Ich mag sie.“

Mit Mühe rang ich mir ein freundliches Lächeln ab, dann versuchte ich, mich wieder auf die Arbeit zu konzentrieren.

Für ihn jedoch schien das Gespräch noch nicht beendet zu sein. „Es ist wirklich schade, dass du nicht nach ihr kommst“, informierte er mich mit einem Seufzer. „Dann hätten wir beide hier sicher deutlich mehr Spaß.“

Ich tat so, als hätte ich ihn nicht gehört, aber er redete trotzdem weiter.

„Du siehst ihr auch nicht sehr ähnlich. Vielleicht hast du etwas anderes von ihr geerbt, irgendeinen besonderen Charakterzug oder ein geheimes Talent. *He?*“ Er kicherte und wischte sich die klebrigen Finger an seiner Jeans ab. „Ich schätze, das werden wir heute Abend herausfinden.“

In der Tat, das würden wir. Und er hatte keine Ahnung, dass er direkt in eine Falle lief. Der Ärmste!

Grandma mag verrückt wirken, aber sie ist die beste Spürnase, die ich kenne, und kann obendrein auch hervorragend Leute ausquetschen.

Ganz zu schweigen von Octocat, der schließlich mit von der Partie sein würde und der sowieso immer den besten Riecher für verdächtige Personen hatte. Im Büro mochte es für Peter ein Leichtes sein, auf mir herumzuhacken, aber in meinem eigenen Haus und mit meinen Lieben um mich herum, würde er mir nicht so schnell etwas anhaben können. Auch wenn Octocat ewig rummeckerte, ich wusste, er würde alles tun, um mich zu beschützen, und für ungeheure Überraschungen war er sowieso immer gut.

Peter Peters hatte keine Chance.

5

Nach der Arbeit, ich war kaum zu Hause durch die Tür, warf Grandma mir auch schon eine Schürze zu und erklärte mir, ich sei jetzt für das Anrühren des Teigs und das Ausrollen verantwortlich – wohl die Aufgaben, bei denen man am wenigsten falsch machen konnte.

„Volle Kraft voraus! Es sind nur noch fünf Stunden, bis er kommt, und wir müssen die ganze Geschichte glaubhaft wirken lassen", erklärte sie mit einem kurzen Nicken. Sie hatte das schwarze Satinkleid von vorhin ausgezogen und wirbelte jetzt in einem feinen Samtkleid, auf dem chinesische Drachen prangten, durch die Küche. Statt der Smokey Eyes trug sie nun goldenen Lidschatten, und ihre Wangen hatte sie wie eine Kardashian konturiert.

„Du machst dich aber gleich auch schick, Liebes, oder?" Dabei musterte sie mein einfaches Blumenkleid mit dem überdimensionierten Gürtel und den riesigen Kreolen, als wäre es das schlimmste Outfit auf Erden.

Octocat hielt mit dem Ablecken seiner Pfoten inne. „Ein Mensch zu sein, ist manchmal die Hölle, hm? Eine Katze würde sich niemals ..." Er schluckte und riss die Augen auf, was ziemlich komisch aussah.

Ich folgte seinem Blick. Grandma, die gerade noch in der Kramschublade gewühlt hatte, hielt eine rote Fliege hoch, ging auf Octocat zu und lächelte ihn gewinnend an, was ihn wohl noch mehr beunruhigte. „Du auch, junger Mann. Wir müssen heute Abend alle gut aussehen."

Geschickt befestigte sie vorsichtig die Fliege an seinem Halsband, doch hätte man meinen können, sie würde den Kater gerade erwürgen, denn er zeterte, was das Zeug hielt.

„Ich bin befleckt!", schrie er, schüttelte sich und warf sich immer wieder auf den Fliesenboden. „Ist euch denn nicht klar, dass ich von Geburt an den einzigen Anzug trage, den ich jemals brauchen werde? Was soll das hier? Selbst farblich passt das nicht zu mir. Das geht einfach zu weit."

Er stieß einen tiefen Seufzer aus und ließ sich auf die Seite fallen, kaum, dass Großmutter fertig war. Ich musste zugeben, dass er ziemlich flott mit dem Teil aussah, sagte das aber nicht laut, sonst würde er mir aus Rache womöglich ins Bett kotzen.

Stattdessen kicherte ich nur ganz leise hinter vorgehaltener Hand.

Sie lächelte unseren Kater anerkennend an. „Sehr hübsch!" Sie sagte das in etwa so, wie sie an diesem Morgen im Büro mit Peter gesprochen hatte.

Octocat jammerte weiter, schmiss sich immer wieder auf den Küchenboden und hielt nur kurz inne, um kopfschüttelnd zu murmeln: „Grandma, ich dachte, du liebst mich."

„Kopf hoch. Es könnte schlimmer sein", munterte ich ihn auf, während ich rührte und rührte. Ich hatte schon beinahe einen Krampf in der Hand von diesem Kraftakt.

„Wie könnte es noch schlimmer sein?", entgegnete er mir, rollte sich auf den Rücken und versuchte vergeblich, sich von seinem schicken Accessoire zu befreien.

„Nun ja, also Peter ist noch schlimmer." Mich überkam ein Schaudern. „Und mit dem wirst du heute Abend Zeit verbringen müssen." Während ich das sagte, stellte ich die Teigschüssel zurück auf den Tresen und streckte meine schmerzende Hand. Ich würde Grandma auf jeden Fall einen ordentlichen Standmixer zu Weihnachten schenken. Sicher, die Dinger sind nicht billig, aber eine Wohltat für meine Hände – und für ihre ebenso.

Großmutter schob gerade ein Blech in den Ofen, auf dem sich eine der vielen verschiedenen Gebäcksorten befand, die ich mir gar nicht alle merken konnte. „Also, Angie." Mit erhobenem Zeigefinger wandte sie sich zu mir um. „Wenn unsere Operation *Mein Feind ist mein Freund* ein Erfolg werden soll, musst du deine Rolle glaubhaft rüberbringen."

„Hey, ich habe nie gesagt, dass ich eine Rolle übernehmen würde, und er übrigens auch nicht." Ich deutete mit dem Kopf in Richtung Octocat, der leider immer noch zu sehr damit beschäftigt war, sich aus seinem Halsband zu befreien und nicht mitbekam, dass ich gerade eine Lanze für ihn gebrochen hatte. *Schade.*

„Na, na! Wenn du nicht dahinterstehst, wie soll unser Gast uns die Nummer dann abkaufen?", fragte sie und umfasste mein Handgelenk, damit ich ihr genau zuhörte. „Es ist uns eine Ehre, Peter heute Abend bei uns zu haben. Wir sind Freunde, und als solche sprechen wir offen miteinander und erzählen uns gegenseitig Dinge."

„Zum Beispiel, was er weiß und wie er es herausgefunden hat?", witzelte ich.

„Genau", erwiderte sie und unterstrich das, indem sie den tropfenden Teigspachtel in ihrer Hand wie einen Dirigentenstab in meine Richtung schwang. „Aber wenn du so reserviert bleibst, kommen wir nicht weiter. Kannst du dich bitte ein wenig lockermachen, damit wir nicht auf Plan B zurückgreifen müssen?"

„Was ist Plan B?", fragte ich und biss mir auf die Lippe. Was hatte sie noch ausgeheckt?

Grandma lachte auf. „Nun, wir ..."

„Weißt du was? Es ist egal", unterbrach ich sie. Ich wollte gar nicht so viel im Voraus wissen, da ich sowieso eine schreckliche Schauspielerin war. „Ich bin dabei. Je eher wir die Sache mit Peter über die Bühne bringen, desto schneller sind wir mit ihm fertig. Ich will ihn einfach nur loswerden."

„Braves Mädchen, das wollte ich hören", antwortete sie glucksend und kehrte auf die andere Seite der Küche zurück, wo sie begann, eine riesige Schichttorte zu glasieren.

Meine kleine Fellnase ließ sich auf meine Füße plumpsen und rieb sich an meinen Socken, bis sie komplett voller Haare waren. „Ich ... kriege ... keine ... Luft", keuchte er. „Ich glaube, ich werde sterben!"

Ich beugte mich zu ihm hinunter und streichelte ihn. Dabei ließ ich meine Finger unter sein Halsband gleiten, um sicherzustellen, dass es nicht plötzlich zu eng war. „Es ist nur für ein Weilchen", versicherte ich ihm. „Ich verspreche, wir nehmen es ab, sobald Peter weg ist."

Er setzte sich auf und schlug mit dem Schwanz hin und her, während er nachdachte. Plötzlich grinste er unverschämt frech. „Also, je früher wir es schaffen, dass er wieder geht, desto eher bekomme ich meine Freiheit zurück?"

Ich nickte nachdrücklich, obwohl ich keine Ahnung, hatte, wie er das bewerkstelligen wollte, aber wenn er wirklich bereit war, uns dafür heute Abend zu unterstützen, sollte er mal machen. „Ja, definitiv. Ich will ihn ja auch nicht hierhaben", erinnerte ich meinen Kater.

„Dann hegen wir die gleichen Absichten." Octocat stand auf und zwinkerte mir heftig zu. „Wenn du mich entschuldigen würdest. Ich muss mich vorbereiten."

Er trabte davon, ich schaute ihm nach und wusch mir dann die Hände am Spülbecken, um wieder an die Arbeit gehen zu können. Großmutter brauchte nicht zu wissen, dass er etwas im Schilde führte. Was er vorhatte, war mir tatsächlich ein Rätsel, aber bestimmt würde es amüsant werden – wenn nicht sogar peinlich. So langsam konnte ich mich wohl etwas entspannen, jetzt, wo Grandma und Octocat beide einen Masterplan hatten.

Nachdem in der Küche alles so weit erledigt war und ich geschafft von dem ganzen Wirbel, schickte Grandma mich nach oben und teilte mir mit, dass ich an diesem Abend mein rotes Partykleid mit den kleinen, weißen Tupfen anzuziehen hätte. Na bravo. Ton in Ton mit meinem aufgehübschten Kater.

Ein wenig Zeit hatten wir noch, daher machte ich mir sogar die Mühe, mir die Nägel in einem leuchtenden Rubinrot zu lackieren. Sie würde es sicher zu schätzen wissen, wenn ich meiner Rolle ein wenig Nachdruck verlieh. Als ich die Treppe wieder hinunterschwebte, schien Peter gerade angekommen zu sein. Er stand mit Großmutter im Foyer und trug genau dieselben Klamotten, die er heute Morgen schon anhatte.

„Also das ist wirklich eine schnieke Kombination", sagte Grandma freundlich, während sie sein abgewetztes T-Shirt mit dem aufgedruckten Smoking betrachtete. „Ich liebe diese Ironie darin, wirklich clever gemacht."

Peter strich sich mit der Hand durch sein unordentliches Haar und grinste sie an wie ein kleiner Junge, offensichtlich geschmeichelt. Grandma konnte einfach jeden um den Finger wickeln.

Octocat kam ebenfalls schnellen Schrittes die Treppe herunter. Seine bernsteinfarbenen Augen funkelten entschlossen. „Machen wir dem ein Ende", zischte er mir im Vorbeigehen zu.

Er marschierte direkt auf Peter zu und rieb sich schnurrend an dessen Waden. Dann stellte er sich auf die Hinterbeine und strich mit den Pfoten über Peters Knie. Das hatte er bisher noch nie bei irgendwem gemacht. *Niemals.* Mann, diese Fliege trieb ihn anscheinend wirklich zur Verzweiflung – er schien zu allem bereit zu sein, um sie loszuwerden. Diesen Trick würde ich mir auf jeden Fall fürs nächste Mal merken, wenn ich ihn zu etwas überreden wollte.

„Er mag Sie", stellte Grandma mit einem Augenzwinkern fest. „Nehmen Sie ihn doch mal auf den Arm."

„Ich bin eigentlich eher ein Hundemensch", entgegnete Peter zögernd.

„Ein Hundemensch?", fragte Octocat entsetzt.

„*Kotzwürg.*" Aber ja, stimmt, der Typ stinkt definitiv wie ein Köter. Das überrascht mich überhaupt nicht."

Peter zuckte zusammen und bewegte den Hals hin und her, sodass es auf beiden Seiten knackte. „Sollen wir die Desserts probieren gehen? Darum haben Sie mich doch eingeladen, oder?"

„Ja, mein Lieber. Kommen Sie mit." Grandma führte ihn ins Esszimmer, während Octocat und ich im großen Flur zurückblieben.

„Habe ich mir das nur eingebildet oder ...?" Peter war nach Octocats frechem Spruch definitiv zusammengezuckt, und doch erschien es mir zu verrückt, um wahr zu sein. Nicht zu fassen.

„Er hat auf mich reagiert", stimmte Octocat zu. „Das dachte ich auch."

„Es war wahrscheinlich nur ein Zufall", flüsterte ich, damit die beiden mich nebenan nicht hörten.

„Aber wenn nicht ..." Octocat schüttelte den Kopf und atmete tief ein. „Jetzt bin ich genauso neugierig wie du. Irgendetwas stimmt mit dem Kerl nicht, und ich werde herauskriegen, was. Komm schon, Angela."

Er trabte davon, und ich lief planlos hinterher. Ich fragte mich, was mein Kater jetzt wohl vorhatte, und ob Peter in gewisser Hinsicht vielleicht wirklich wie ich war. Ob er auch einen ordentlichen Stromschlag von der alten Kaffeemaschine abbekommen hatte?

Ich hoffte verzweifelt, dass ich nach diesem Abend schlauer sein würde, denn wenn unsere Aktion nicht funktionierte, würden wir wahrscheinlich keine weitere Chance mehr haben.

Peter schien an diesem Abend bereits auf der Hut zu sein. Hatte er durchschaut, dass wir ihm auch auf der Spur waren? Aber wenn er nicht enttarnt werden wollte, warum legte er es die ganze Zeit schon darauf an, mich in Panik zu versetzen?

Bildete ich mir das alles nur ein oder stimmte es wirklich, und meine ganze Welt würde sich nun massiv verändern?

Ehrlich gesagt, ich wusste nicht, welche der beiden Optionen mir lieber war.

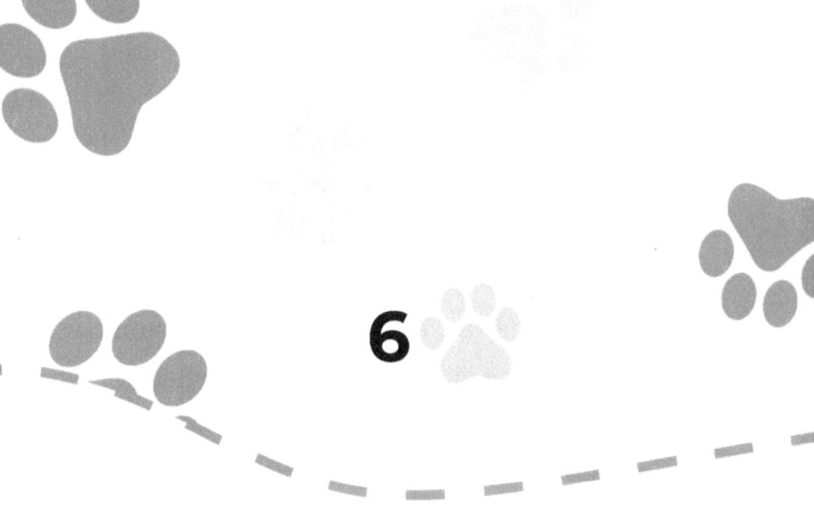

6

Grandma sah in ihrem Outfit an diesem Abend absolut betörend aus. Ihre ausgefallene Hochsteckfrisur, die sie sogar kunstvoll mit Essstäbchen aus Jade verziert hatte, brachte ihre feinen Gesichtskonturen besonders zur Geltung.

Sie trug oft asiatisch anmutende Kleidungsstücke und zog deren weiche, fließende Linien den eher starren Schnitten typisch westlicher Kleidung vor. Mit ihrem speziellen Stil und meiner Vorliebe für alles, was mit den Achtzigern zu tun hat, waren wir wirklich ein ausgefallenes Gespann.

Ich hatte ein Faible für die Mode der achtziger Jahre, einfach weil sie mir gefiel. Großmutter hingegen war während des Vietnamkriegs auf einer kurzen Auslandstournee als Entertainerin dort gewesen und hatte sich in diesen Teil der Welt verliebt. Im Laufe der Jahre hatte sie auch Japan, China und Thailand besucht und freute sich schon sehr auf den Tag, an dem ich endlich zustimmen würde, sie auf eine längere Reise zu begleiten, damit sie mir all ihre Lieblingsorte zeigen könnte. Ich für meinen Teil hatte allerdings noch Bedenken und wollte mich lieber selbst noch ein wenig besser kennenlernen, bevor ich mich so weit von zu Hause weg wagte. Glücklicherweise kam ich diesem Ziel mit jedem Tag ein Stück näher.

Auch wenn ich es ungern laut zugab, hatte Octocat mein Leben regelrecht umgekrempelt und in letzter Zeit eine große Rolle auf meinem Weg zur Selbstfindung gespielt. Umgekehrt verhielt es sich jedoch ähnlich, zumindest sagte mir das mein Gefühl. Obwohl er mich manchmal beinahe in den Wahnsinn trieb, wusste ich doch, er würde immer sofort zur Stelle sein, sollte ich mal in der Klemme stecken – so ist das mit denen, die man liebt.

Und diese Sache jetzt mit Peter war bislang die tückischste Klemme. Bei den Morden, die wir gemeinsam untersucht hatten, wussten wir wenigstens, womit wir es zu tun hatten, wonach wir suchten. Aber bei ihm? Nur Fragen über Fragen. Den möglichen Antworten sah ich mit Sorge entgegen, doch wenigstens saßen wir drei zusammen in diesem Boot.

Grandma wartete, bis Peter und ich am Tisch saßen und verschwand dann in der Küche, um ihren süßen Kreationen den letzten Schliff zu geben.

„Nettes Haus", bemerkte Peter Däumchen drehend. „Wie kann sich jemand wie du so was leisten?"

„Das ist mein Haus", verkündete Octocat, sprang auf den Tisch und ließ sich mit seinem Hinterteil direkt vor ihn plumpsen. „Und ich glaube nicht, dass ich dich hier haben will."

„Stör dich nicht an ihm", sagte ich und tat so, als sei das alles völlig normal. „Er ist nur ein bisschen misstrauisch gegenüber neuen Besuchern."

„Nettes Kätzchen", meinte Peter und streckte eine Hand nach dem Kater aus.

„Wenn du mich anfasst, beiße ich dich", informierte ihn dieser mit einem leisen Knurren.

Peter schreckte sofort zurück. Weil Octocat geknurrt oder weil er seine Worte verstanden hatte? *Hm.*

„Braver Mensch." Octocat sagte das in diesem herablassenden Tonfall, den ich inzwischen an ihm zu lieben gelernt hatte. „Ärgere den Tiger, und du bist schnell ein paar Finger los. So lautet doch das Sprichwort, oder?" Er neigte den Kopf zur Seite, schlug mit dem Schwanz und starrte unseren Besucher weiter unentwegt an.

Peter lachte nervös. „Also, Angie, wie lange arbeitest du schon bei ...?"

„Rede nicht mit ihr." Octocat sprang auf und fixierte ihn mit angelegten Ohren. „Rede mit mir. Wer bist du, und warum bist du so ein Spacko, *hä*? Findest du es in Ordnung, auf meinem Menschen herumzuhacken?"

Peter lehnte sich in seinem Stuhl so weit es ging zurück und bat mich dann mit weit aufgerissenen Augen: „Ähm, könnten wir deine Katze vielleicht irgendwo anders unterbringen, während ich hier bin? Ich glaube, ich reagiere allergisch auf sie."

„Wohl eher feige", kommentierte Octocat und lachte hämisch. Typisch mein Kater. Ich hatte Peter noch nie so verwirrt gesehen. Gut, ich kannte ihn auch noch nicht sehr lange, aber trotzdem schien es wirklich so, als könne er verstehen, was dieser ihm zuraunte.

„Oh, mach dir keine Sorgen. Er ist harmlos", entgegnete ich und tat seine Bedenken mit einem Achselzucken ab.

Octocat knurrte erneut. „Tja, sie hat wohl keine Ahnung, wie gefährlich ich sein kann!"

„Wer ist bereit für ein paar himmlische Törtchen?" säuselte Grandma, als sie mit einem eindrucksvoll beladenen Silbertablett zurück ins Esszimmer tänzelte, nicht ahnend, was der Tiger während ihrer kurzen Abwesenheit veranstaltet hatte.

Ich versuchte, ihr mit Blicken zu signalisieren, dass Octocats Show schon in vollem Gange war, aber sie schien den Hinweis nicht zu verstehen.

„*Bon appétit!*", rief sie und stellte das Tablett zwischen Peter und mich.

„Das sieht unglaublich gut aus." Ohne Zögern griff Peter nach einer großen Blätterteigtasche und schob sie sich gierig in den Mund.

„Weißt du, was wirklich unglaublich gut ist?", fragte Octocat und hielt seine Augen auf ihn gerichtet. „Meine Witze. Im Ernst. Wetten, du schaffst es nicht, nicht zu lachen?"

Ich nahm mir lächelnd einen kleinen Käsekuchen-Happen und wartete gespannt, was als Nächstes passieren würde. Octocats Witze waren im Allgemeinen ziemlich schräg, aber Peter schien mir ohnehin nicht der Typ zu sein, der einen ausgefeilten Sinn für Humor hatte.

„Okay, hör zu." Mein Kater setzte sich wieder direkt vor ihn hin, und zwar so dicht, dass Peter zurückweichen musste, um ihn nicht zu berühren. „Wie nennt man einen Hund mit Köpfchen? Na, wer hat eine Ahnung? Wer weiß es?" Er hielt inne und sah sich um. „Nein, niemand weiß es. Okay, ich sag's euch – eine *Katze*!" Er johlte und lachte hysterisch, während Peter versuchte, sich mit Großmutter zu unterhalten.

Ich beobachtete die ganze Szene fasziniert und grinste innerlich, als ich sah, dass Peter nur mit Mühe die Fassung wahren konnte. Jetzt hatten wir den Spieß herumgedreht – selbst Sschuld!

Octocat gähnte. „Der hat dich also nicht vom Hocker gerissen. *Hmm*, okay. Ich habe noch mehr auf Lager." Er wartete, bis Peter einen weiteren großen Bissen genommen hatte, bevor er fragte: „Was ist der Unterschied zwischen Katzenkotze und einem Hund?"

Peter hüstelte kurz, als habe er sich verschluckt.

„Das eine ist ein schleimiger Haufen ekliger Exkremente, und das andere ist Katzenkotze. *Ha!*" Octocat schmiss sich hin und rieb sich genüsslich den Rücken an der Tischplatte, so wie er es draußen im frisch gemähten Gras oft tat. Das war seine Art, den Moment zu genießen. Anscheinend bereitete es ihm einen Riesenspaß, jemanden zu verspotten, der es verdient hatte.

Ich kicherte leise, woraufhin sowohl Grandma als auch Peter mir fragende Blicke zuwarfen.

„Alles in Ordnung, Liebes?" Meine Großmutter unterbrach ihren Smalltalk mit Peter. Ich hatte mich so sehr auf die Mätzchen meines Katers konzentriert, dass ich nicht die leiseste Ahnung hatte, worum es in ihrem Gespräch ging.

„Ja", antwortete ich hastig. „Ich finde es nur komisch, dass Octocat sich offensichtlich selbst zur Party eingeladen hat. Er scheint wirklich von dir angetan zu sein, Peter."

„Nun ja, sieht so aus." Er knackte mit seinen Fingerknöcheln und sah weg.

„Ein anspruchsvolles Publikum heute", zischte Octocat und stolzierte erneut auf dem Tisch herum. „Gut, dass ich mir das Beste für den Schluss aufgehoben habe. Okay, wer weiß, warum Hunde keine Witze verstehen? Keiner? Weil sie jedes Mal durchdrehen, wenn jemand sagt: *„Witz komm raus, du bist umzingelt!"*

Daraufhin schnaubte Peter und brach dann endlich in Gelächter aus. *Erwischt.*

Ich sprang auf und deutete auf ihn „Ich wusste es! Ich wusste, dass du ihn verstehen kannst!"

Peter wurde blass und fummelte an dem Törtchen herum, das er in der Hand hielt. „Ich weiß nicht, wovon du redest."

„Ach, wirklich?", mischte sich Grandma ein. „Jetzt ist aber mal gut hier." Ich war mir ziemlich sicher, dass sie nicht genau wusste, wovon wir sprachen, aber es war schön, eine weitere Verbündete auf meiner Seite zu haben. Sie stand auch auf, und gemeinsam starrten wir Peter an.

„Wer bist du, und warum bist du hier?", stellte ich ihn zur Rede.

„Ihr habt mich doch eingeladen", fuhr er mich irritiert an. „Aber wenn ich nicht mehr willkommen bin, werde ich jetzt gehen." Eilig schob er seinen Stuhl zurück und stand auf, doch kaum hatte er einen Schritt in Richtung Tür getan, sprang Octocat ihm nach und krallte sich an seiner Schulter fest. Peter versuchte, ihn abzuschütteln, aber der kleine Kerl klammerte sich todesmutig an die große, schlaksige Gestalt unseres Besuchers.

„Au, was zur Hölle?" Er schrie und wandte sich hin und her, um den kampflustigen Kater loszuwerden, aber der ließ nicht locker.

„Sag, dass du mich verstehen kannst!", fauchte Octocat aufgebracht. „Gib es endlich zu!"

Als Peter nicht antwortete, versenkte Octocat

seine Krallen noch tiefer in dessen Haut, bis sich Blutspuren an seinem Hals und Hemd zeigten.

„Autsch! Okay, gut. Ich verstehe dich. Jetzt lass los.“

Octocat hüpfte herunter und rannte zu Großmutter, die auf unserem alten viktorianischen Sofa Platz genommen hatte, um das Schauspiel zu beobachten. „So ist es recht“, meinte sie zu Peter. „Und ich hatte schon befürchtet, wir müssten Sie erst fesseln, um die Wahrheit aus Ihnen herauszukitzeln.“

„Was wollt ihr von mir?“, fragte er gereizt und wischte sich über seine Wunden.

Ich ging zu ihm hinüber und baute mich mit verschränkten Armen vor ihm auf. „Was willst *du* von *mir*? Du bist derjenige, der mit alldem angefangen hat.“

„Ich dachte, du wärst vielleicht wie ich“, erklärte er mit dieser weinerlichen, nasalen Stimme, mit der er mich in den letzten Tagen schon einige Male furchtbar genervt hatte. „Und offensichtlich hatte ich recht.“

Ich schüttelte den Kopf. Diesem Fiesling gegenüber würde ich nichts preisgeben. „Warum versuchst du denn dann, mich zu provozieren?“

„Warum nicht? Das war doch alles nur Spaß.“

„Soll ich ihn noch mal meine Krallen spüren

lassen?", mischte sich Octocat ein und sprintete los, um mich zu verteidigen

Peter duckte sich abwehrend. „Nicht doch, bitte!"

„Du sagst mir jetzt sofort, woher du es wusstest, oder ...", schrie ich ihn an. In diesem Moment überragte ich ihn, da er sich ganz kleingemacht hatte.

Er murmelte daraufhin: „Oder was? Willst du wieder deine Katze auf mich hetzen?"

Ich schaute lächelnd zu Octocat hinunter, der sich an meiner Seite postiert hatte, bereit für mehr Action.

„Bingo!" Ich zog an seinem Arm, damit er mich ansah. „Also, wirst du jetzt reden oder müssen wir noch deutlicher werden?"

Peter schüttelte den Kopf. „Nicht hier."

Ich nickte Octocat zu, und er näherte sich ihm noch ein Stück. „Du hast das Recht zu schweigen", hörte ich meinen Kater verkünden. „Alles, was du sagst, kann gegen dich verwendet werden."

Was redete er da? Ich war mir ziemlich sicher, dass er diesen Ausdruck in einer seiner Justizfernsehserien aufgeschnappt hatte, aber aus seinem Mund klang das jetzt ziemlich komisch.

„Ist ja gut, lass uns reden!", rief Peter. „Ich verspreche, ich werde es dir erzählen. Es ist nur – hier ist es nicht sicher."

So ist es brav, Peter. Wie schnell sich doch das Blatt wenden konnte.

„Wenn nicht hier, wo dann?", fragte ich schroff.

„Wenn nicht jetzt, wann dann? Wenn nicht hier, sag mir, wo und wann?", trällerte Grandma, was wir jedoch beide ignorierten.

Peter griff in seine Hosentasche und zog eine schwarze Visitenkarte mit silberner Schrift heraus. „Das ist die Adresse. Wir treffen uns dort am Freitagabend. So gegen zehn?"

„Gut", sagte ich und entriss ihm die Karte wütend, obwohl er sie mir gerade reichen wollte. „Und bis dahin?"

„Verhalte dich in der Kanzlei einfach ganz normal. Kein Wort, ich meine es ernst." Seine Augen verdunkelten sich für einen Moment, dann zuckte er mit den Schultern. „Also, ich denke, wir sind hier fertig für heute, ich hau' jetzt ab. Tschüss."

Sodann stürmte er aus dem Haus und entschwand hinaus in die Nacht. Schweigend sah ich ihm hinterher.

Grandma stieß einen leisen Pfiff aus. „Also, das war interessant!"

„Hast du meine Jokes für sie übersetzt? Das waren einige meiner Lieblingswitze", meinte Octocat kichernd.

Ich schüttelte nur den Kopf und fragte mich, was dieser Freitagabend wohl noch bringen würde. Ich hatte noch nie jemanden getroffen, der auch diese besondere Fähigkeit besaß, und um ehrlich zu sein, behagte es mir ganz und gar nicht, dass dieser Jemand ausgerechnet so ein abscheulicher Kerl wie Peter Peters sein musste. Zumindest war ich jetzt einen Schritt näher daran herauszufinden, warum ich mit Tieren sprechen konnte, und wenn ich mehr darüber erfuhr, könnte ich dieses Wissen möglicherweise noch effektiver einsetzen, vielleicht sogar mit anderen Tieren sprechen. Und mehr Verbrechen aufklären ...

Ob Peter wirklich die Informationen besaß, nach denen ich die ganze Zeit gesucht hatte?

Ich würde es bald erfahren.

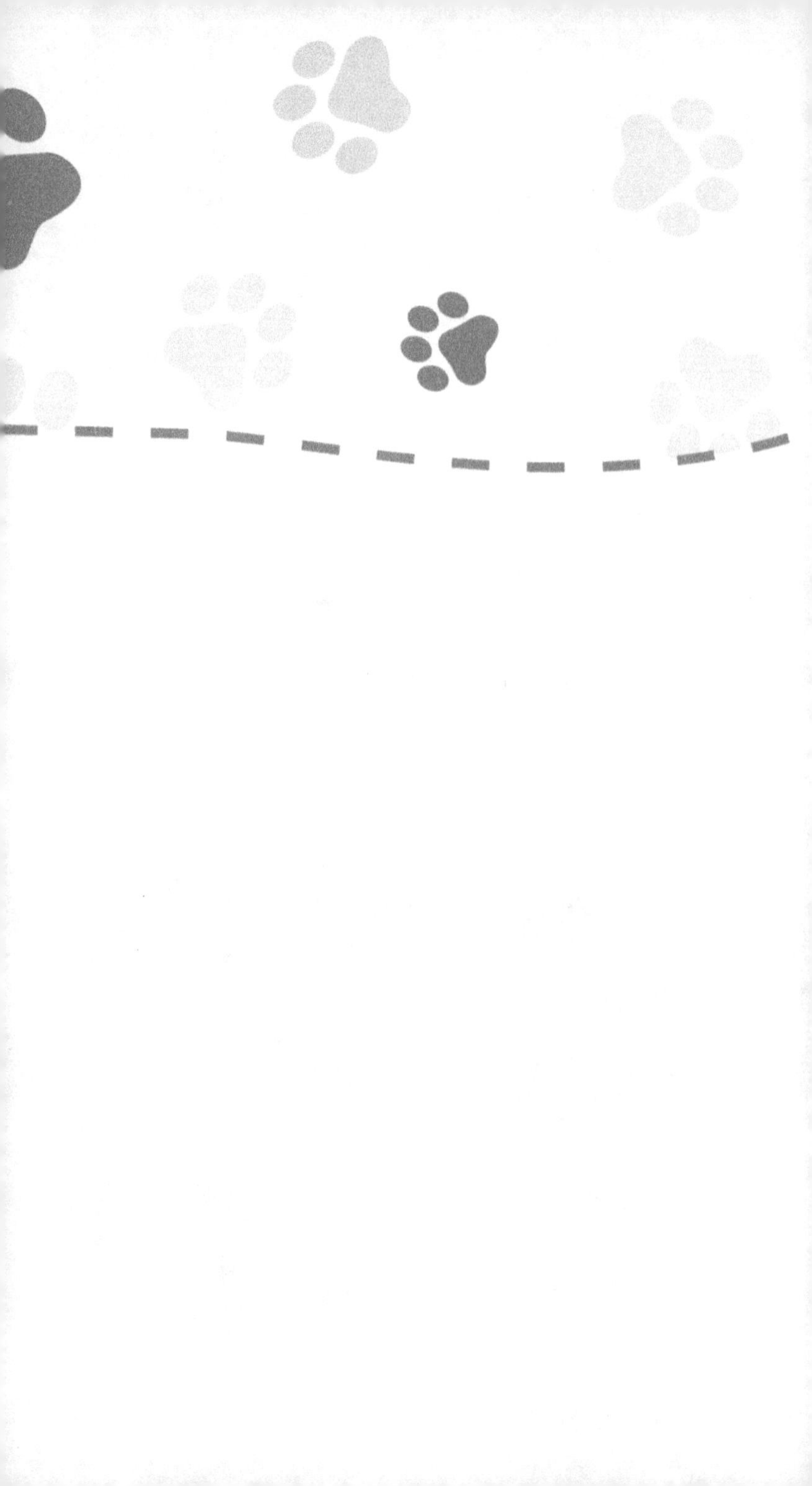

7

ch konnte den Freitag kaum erwarten. Jetzt, wo Antworten auf meine brennendsten Fragen in greifbarer Nähe schienen, wollte ich unbedingt mehr erfahren. In meinem Kopf kreisten immer wieder die gleichen Gedanken. Was würde Peter sagen? Wie ließ sich das alles erklären? Ich fieberte unserer Unterhaltung entgegen.

Warum konnte ich mit Octocat und nur mit Octocat sprechen?

Warum hatte mir ein kurzer Stromschlag von einer defekten Kaffeemaschine übernatürliche Kräfte verliehen, während ansonsten alles ganz normal geblieben war?

Und welche Rolle spielte Peter Peters in der ganzen Sache?

Ich schaute mir die Adresse, die er mir gegeben hatte, auf Google Earth an. Sie gehörte zu einem Backsteingebäude in Glendales kleinem Stadtzentrum. Obwohl ich schon mein ganzes Leben lang hier in der Gegend zu Hause bin, war mir dieses Gebäude noch nie aufgefallen. Vielleicht lag das daran, dass ich lieber die farbenfrohen Fassaden und die bunten Schaufenster der Geschäfte mag, vielleicht war dieses Haus aber auch neu.

Auf der Suche nach Hinweisen fuhr ich sogar vorab mit dem Auto dort vorbei, musste jedoch entmutigt feststellen, dass in einem der abgedunkelten Fenster ein Schild mit „Zu vermieten" hing.

Am Freitag, kurz vor Arbeitsschluss, drückte Peter mir wortlos einen zusammengefalteten Post-it-Zettel in die Hand. Ich versuchte, mir nichts anmerken zu lassen, aber es fühlte sich an, als würde mir das kleine Stück Papier ein Loch ins Fleisch brennen. Als ich sicher in meinem Auto saß und die Türen verschlossen hatte, entfaltete ich das gelbe Ding. Darauf stand nur ein Wort: *Kralle*.

Hä, das ergab absolut keinen Sinn. Ich fotografierte die Notiz mit meinem Handy und schickte das Bild mit einer Nachricht an Grandma: *Peter hat mir das gerade gegeben. Irgendeine Idee, was es bedeutet?*

Ein paar Minuten lang wartete ich vergeblich auf

eine Antwort von ihr, dann warf ich den Zettel auf den Beifahrersitz und machte mich auf den Heimweg. Großmutter vergaß ihr Telefon oft an den unmöglichsten Stellen im Haus und bemerkte erst Stunden später, dass sie es nicht mehr bei sich trug. Ich würde mich also noch ein bisschen gedulden müssen und sie später persönlich darauf ansprechen.

An der Ampel wollte ich mir den Zettel noch einmal genauer anschauen. Vielleicht enthielt er eine versteckte Botschaft, und das Wort selbst war gar nicht entscheidend.

Allerdings lag er nun nicht mehr auf dem Beifahrersitz.

Er musste hinuntergefallen sein, also suchte ich den Boden ab. *Fehlanzeige.*

Ich tastete unter dem Sitz danach, aber die Ampel wurde grün, und das Auto hinter mir hupte schon ungeduldig. Also musste ich mich erst mal wieder auf die Straße konzentrieren.

Die restlichen Minuten bis nach Hause waren zermürbend. Peters Notiz musste doch irgendwo sein. Unmöglich, dass sie einfach verschwunden war. Ich würde gleich alles genau absuchen. Sie konnte sich doch nicht in Luft aufgelöst haben.

Andererseits, in einer Welt, in der mindestens zwei Menschen mit Tieren sprechen konnten, gab es vielleicht noch viele andere Phänomene. Meine Wirklichkeit war bereits völlig verdreht worden, also warum sollte sich da ein kleines Stück Papier nicht einfach in Luft aufgelöst haben, als niemand hingesehen hatte?

Beziehungsweise, als *ich* nicht hingesehen hatte. Plötzlich hatte ich das Gefühl, als würden mich eine Million unsichtbarer Augen direkt anstarren, als wäre ich die Einzige, die nicht verstand, was passiert war.

War ich jetzt schon paranoid? Ich fühlte mich zwar verwundbar, aber durchaus klar im Kopf.

Zu Hause durchsuchte ich verzweifelt das Auto. Immer noch nichts.

Und was für eine Frechheit, dass Peter mich an diesem Abend noch bis zehn Uhr warten ließ. Warum hatte er unser Treffen überhaupt so lange hinausgezögert? War das ein Trick? Warum war mir das nicht schon eher in den Sinn gekommen?

War ich zu leichtgläubig? Zu naiv?

Nach einer halben Stunde erfolgloser Suche kam Großmutter aus dem Haus, um nach mir zu sehen. „Das Mittagessen wird kalt, Schatz. Also, die kalte Platte nicht, aber ..." Sie blieb auf den Verandastufen stehen und neigte den Kopf zur Seite. „Was machst du da?"

„Ich suche etwas", murmelte ich, während ich mich halb verrenkte und zum hundertsten Mal mit der Hand über den Boden unter dem Sitz strich. „Hast du meine Nachricht bekommen?"

„Welche Nachricht?", fragte sie sichtlich verwirrt.

Ich seufzte. „Grandma, bitte versuch dir doch anzugewöhnen, dein Handy immer bei dir zu tragen. Was ist, wenn ein echter Notfall passiert und ich dich nicht erreichen kann?"

Sie eilte die restlichen Stufen hinunter und hielt mir ihr Telefon vor die Nase. „Du meinst dieses alte Ding? Hatte ich den ganzen Tag dabei."

Ich nahm ihr das Telefon aus der Hand und gab den streng geheimen Passcode ein: *1-2-3-4*. Darüber wollte ich mit ihr auch noch mal reden, aber erst, wenn das mit Peter vom Tisch war. „Schau, ich habe dir ein Bild weitergeleitet ..."

Ich öffnete ihren Chatverlauf und sah die Nachrichten, die wir uns vor ein paar Tagen geschickt hatten, aber danach kam nichts mehr. Merkwürdig, ich hatte das doch gesendet, oder?

„Liebes, du siehst nicht so gut aus. Komm rein und iss erst mal was", schlug Grandma in ihrer mütterlichen Art vor.

Doch ich hatte eine Mission. Ich holte mein Telefon heraus und überprüfte sowohl meine Chats als auch meine Fotos, und sogar in der Cloud schaute ich nach. Nichts.

Jeder Hinweis auf die Existenz jenes gelben Zettels war spurlos verschwunden. Warum nur? Es hatte doch nur ein einziges Wort darauf gestanden, ohne Zusammenhang. Keine Drohung oder Ähnliches.

Moment, was *stand* noch mal darauf?

Selbst aus meinem Kopf schien die Erinnerung gelöscht worden zu sein. Als mir das klar wurde, hätte ich am liebsten geheult.

Grandma legte sanft eine Hand auf meinen Rücken und dirigierte mich ins Haus. „Iss", befahl sie, nachdem sie mich auf einen Stuhl gedrückt hatte.

Die ganze Sache mit Peter ließ mich nicht los, obwohl ich wirklich versuchte, an etwas anderes zu denken. Was hatte es bloß mit dieser Notiz auf sich? Ich konnte einfach nicht länger auf Antworten warten und entschied, mich sofort auf den Weg zu machen. Vielleicht war ja jemand da, der mir das alles erklären konnte.

„Ich gehe nur schnell etwas besorgen", informierte ich Grandma, da ich sie keinem Risiko aussetzen wollte, falls es brenzlig wurde.

Octocat hielt wahrscheinlich gerade sein Mittagsschläfchen, das er sich nie nehmen ließ. Das bedeutete, dass er sich gerade im Westflügel des Hauses befand und ich mich davonschleichen konnte, ohne ihm erklären zu müssen, warum ich ihn nicht mitnahm.

Also nutzte ich meine Chance und fuhr in die Stadt, zu jenem Ort, auf den ich schon die ganze Woche fixiert war, den ich jedoch bislang nur aus der Ferne kannte. Ich fand einen Parkplatz am Ende des Blocks und marschierte direkt zu dem scheinbar leerstehenden Gebäude. Auf mein höfliches Klopfen an der Eingangstür öffnete niemand, auch nicht, als ich daraufhin dagegen hämmerte. Ich versuchte, durch das Fenster hineinzuspähen, aber alles wirkte leer, staubig und unbewohnt.

Wollte Peter mich nur veräppeln?

Oder mich auf eine wilde Verfolgungsjagd schicken, anstatt mir Rede und Antwort zu stehen?

Aber warum dann der Zettel?

Anscheinend hatte er es doch darauf angelegt, dass ich von seiner Fähigkeit erfuhr – oder zumindest wollte er mir mitteilen, dass er von meiner wusste – aber warum?

Ich seufzte frustriert auf und trat gegen die Hauswand.

„Komm schon, Angela. Jetzt beherrsch dich mal bitte." Mit diesen Worten tauchte Octocat wie aus dem Nichts vor mir auf. Er gähnte, dann strich er sich mit einer Pfote über die Stirn.

„Wie kommst du denn hierher?" Ich schüttelte ungläubig den Kopf.

Anscheinend langweilte ihn meine Frage. „Mit dem Auto. Genau wie du."

Ja, war das denn zu fassen? „Du bist noch nie mit mir Auto gefahren, ohne dich in meinem Schoß festzukrallen", argumentierte ich, verschränkte die Arme vor der Brust und starrte ihn an. „Wie hast du das denn geschafft, ohne dass ich dich bemerkt habe?"

Er zuckte mit seinen schmalen Stubentigerschultern. „Du verbesserst deine Fähigkeiten, ich verbessere meine."

„Nun, das ist ja wirklich großartig." Unter normalen Umständen hätte ich es wahrscheinlich wirklich ziemlich cool gefunden, aber ich war zu frustriert wegen all der Ungereimtheiten, die in meinem Kopf herumschwirrten: Peter, das Post-it und jetzt auch noch dieses merkwürdige Gebäude.

Ich rüttelte an der Türklinke, aber sie gab nicht nach. Ein weiteres Mal warf ich mich aufgebracht gegen die Hauswand. Aua! Den Schmerzensschrei unterdrückte ich jedoch. Jetzt taten mir der Arm und der Fuß weh, weil ich meine Wut an dieser blöden Backsteinfassade ausgelassen hatte. Und dieser verdammte Peter. Wäre er doch niemals in meinem Leben aufgekreuzt. Ich war immer noch keinen Deut schlauer, was den Grund für mein Supertalent anging. Grrr.

Octocat lag auf dem Gehweg und verbarg sein Gesicht unter beiden Pfoten. „Du bist peinlich", stieß er hervor.

Super, echt super! Mit fliegenden Fahnen stürmte ich zurück zu meinem Auto.

„Warte!", rief er mir hinterher, rannte ein kurzes Stück und blieb dann auf dem Gehweg stehen. „Wir können doch noch ausprobieren, ob wir von einer anderen Seite hineinkommen, oder?"

Verdammt, er hatte recht. Ich holte tief Luft und folgte ihm.

Ein Stück weiter befand sich tatsächlich eine Tür, die teilweise von einem überquellenden Müllcontainer verdeckt war. Ich erhob eine Faust, um anzuklopfen, zögerte dann aber. Was würde uns da drinnen erwarten? Sobald wir der Wahrheit auf den Grund gingen, würde es kein Zurück mehr geben. War ich dazu bereit? *Wirklich* bereit?

„Jetzt mach schon und bring es hinter dich", ermutigte mich Octocat.

Ich klopfte so leise, dass ich es selbst kaum hörte.

Doch sofort ertönte eine Stimme von der anderen Seite: „Passwort?"

Von einem Passwort hatte Peter nichts gesagt.

„Kralle", antwortete ich, ohne überhaupt darüber nachzudenken.

Die Tür öffnete sich.

8

er Kerl, der uns hineingelassen hatte, wirkte recht schlaksig und hatte unglaublich viele Sommersprossen in seinem blassen Gesicht. Definitiv kein Türstehertyp.

Wo waren wir gelandet?

Ich kniff die Augen zusammen, um mehr erkennen zu können, denn die Beleuchtung war äußerst spärlich. Hier drinnen sah es fast genauso aus wie draußen – alles aus Backstein, alles *düster*.

„Wer hat dich geschickt?", fragte der Sommersprossenmann und führte uns eine lange Treppe hinunter. Seine Augen leuchteten in einem faszinierenden Grünton, den ich noch nie zuvor gesehen hatte, weder bei einem Menschen noch sonst irgendwo in der Natur oder in irgendeinem anderen Zusammenhang.

„Peter Peters", murmelte ich und ließ meinen Blick durch den großen, leeren Raum schweifen, sah aber rein gar nichts außer dem Kerl vor mir und Octocat neben mir.

Der Wachmann schüttelte den Kopf und rümpfte die Nase auf eine Weise, die vermuten ließ, dass er vielleicht auch nicht sonderlich viel von Peter hielt. „Er wird erst später heute Abend hier sein, aber nimm ruhig Platz, wenn du warten willst. Du kannst dir gerne einen Drink genehmigen."

Verwundert schaute ich mich nochmals um. Gab es hier etwa eine Bar? So etwas Großes würde mir doch auffallen. „Ähm, wo?", fragte ich nervös, denn außer Staub, Schmutz und Spinnweben konnte ich nirgends etwas entdecken.

Der Wachmann stieß mich spielerisch in die Rippen, was dennoch wehtat. „Haha, der war gut."

Ich lachte verlegen und hatte keine Ahnung, was ich als Nächstes sagen sollte. Ob ich ihn fragen sollte, woher er Peter kannte? Oder wäre es besser, sich nach der Tür zu erkundigen, die vorhin auf magische Weise in der Gasse aufgetaucht war?

„Wer bist du, und was ist das für ein Ort?", fragte Octocat. Er verlagerte sein Gewicht von einer Seite auf die andere und war sichtlich genervt von dem ganzen Dreck um uns herum.

Unser seltsamer Begleiter antwortete ihm direkt. „Ich bin Moss O'Malley. Warst du noch nie in unserem Geheimversteck?" Er hatte Octocats Worte tatsächlich verstanden. Damit gab es jetzt schon drei, die mit ihm sprechen konnten – ich war definitiv nicht mehr länger die Einzige.

„Nein, wir waren hier noch nie", antwortete ich für uns beide. „Also zumindest *ich* nicht". Dabei zeigte ich mit dem Finger auf mich selbst.

„Ich auch nicht", ergänzte Octocat.

Moss schaute uns misstrauisch an. „Du hast doch gesagt, dass Peter dich geschickt hat, oder?"

Wir nickten beide, begierig darauf, mehr zu erfahren.

„Was sollte dieser Hund von euch beiden wollen?"

Ich ignorierte Moss' seltsame Wortwahl und auch die Tatsache, dass er sich wieder in Richtung Treppe zu bewegen schien.

„Das ist etwas Persönliches, ich …"

„Sie kann mit Tieren sprechen, das ist ja wohl offensichtlich, du Hirni", warf mein Kater ein, getreu seinem Motto: *Im Zweifelsfall hilft eine Beleidigung.* Das hielt ich in diesem Moment allerdings für überhaupt nicht hilfreich. Wir hatten beide keinen Schimmer, was es mit Moss und diesem seltsamen Versteck hier auf sich hatte.

Moss wandte sich wieder mir zu und rümpfte die Nase: „Aber siehst du denn nicht die Bar dort drüben?" Er deutete mit einem zitternden Finger auf die hintere Ecke des Raums.

Ich sah dort aber immer noch nichts außer dem leeren, schmutzigen Keller. „Nun ja, …"

Doch bevor ich mir eine gute Ausrede einfallen lassen konnte, schob mich Moss überraschend kraftvoll die Treppe wieder hinauf. „Vergiss einfach, dass du diesen Ort jemals gesehen hast, okay?", rief er mir hinterher, nachdem er sowohl mich als auch Octocat hinausgeschubst hatte. Dann bewegte er die Finger einer Hand ganz seltsam und schlug die Tür zu, bevor wir überhaupt einen Ton sagen konnten.

Octocat zuckte mit dem Schwanz. „Dieser Dreckskerl hat mich misshandelt. Mein schönes Fell ist ruiniert!"

„Was war das denn?", fragte ich atemlos und sah ungläubig zu, wie sich die Tür in der Backsteinwand direkt vor meinen Augen komplett auflöste.

„Hey, kannst du mir mal helfen?", rief Octocat, und ich beugte mich zu ihm hinunter, um sein Fell zu glätten.

„Er … er hat mich durchgeschüttelt", stotterte

meine arme Katze unter Tränen. „Er hat mich durch-geschüttelt!“

„Es tut mir so leid“, flüsterte ich und starrte wieder auf die Stelle, wo eben noch ein Eingang gewesen war.

„Können wir …“, jammerte Octocat und seufzte tief. „Können wir einfach nach Hause fahren? Ich brauche jetzt etwas Zeit für mich in meiner gewohnten Umgebung.“

Ich rätselte immer noch, was sich gerade hier abgespielt hatte. Wäre es anders gekommen, wenn wir bis zehn Uhr gewartet hätten, wie Peter es gewollt hatte?

Schwer zu sagen. Wir hätten vielleicht mehr Antworten bekommen, aber auch in einen Hinterhalt geraten können. Moss hatte uns kaum etwas erzählt, aber zweifelsohne hielt auch er nicht viel von Peter. Vielleicht sollten wir die Operation *Der Feind meines Feindes ist mein Freund* einleiten. Wenn Grandma hier wäre, würde sie das sicher vorschlagen.

Aber wie sollte ich mehr aus Moss herausbekommen, ohne eine Möglichkeit, ihn erneut zu erreichen? Wenn ich morgen zurückkäme, würde die Tür dann wieder da sein? Würde er mich wieder hineinlassen? Oder wechselten die Wachposten des Geheimverstecks? Würde ich mich cool geben und vortäuschen können, dass ich die ominöse Bar sehen konnte?

Auf der kurzen Fahrt nach Hause sprachen wir beide keinen Ton. Ich setzte Octocat ab und machte mich sofort wieder auf den Weg zurück in die Stadt, um weitere Erkundungen über das mysteriöse unterirdische Versteck einzuholen. Zuerst fuhr ich versehentlich daran vorbei und musste umdrehen und zurückfahren.

Wie blöd von mir, aber auch kein Wunder, denn meine Gedanken kreisten immer noch um die Begegnung mit Moss.

Ich versuchte, tief durchzuatmen und mich zu konzentrieren, dennoch gelang es mir nicht, eben jenes Backsteinhaus wiederzufinden. Schon wieder vorbei.

Nur mit Mühe schaffte ich es, das Auto ziemlich schief in eine Parklücke zu manövrieren und machte mich dann frustriert zu Fuß auf die Suche.

Eine Stunde verging.

Zwei Stunden.

Und trotzdem konnte ich das Versteck nicht wiederfinden.

„Ich bin doch nicht verrückt", murmelte ich vor mich hin. „Bin ich nicht."

Kurze Zeit später fuhr ich nach Hause zum

Abendessen und dann direkt wieder in die Stadt, um in der Nähe auf Peter zu warten. Er hatte zugesagt, dass er um zehn Uhr da sein würde, um mit mir zu reden und – was am allerwichtigsten war – um meine Fragen zu beantworten.

Einige Leute, die auf der Straße an mir vorbeigingen, sahen mich fragend an, aber das war mir egal, denn noch nie hatte ich einen größeren Drang verspürt zu erfahren, was mit mir los war.

Es wurde neun. *Nur noch eine Stunde.*

Neun Uhr dreißig.

Neun Uhr fünfundvierzig.

Zehn Uhr verstrich, doch immer noch keine Spur von Peter.

Um fünf nach zehn zerschnitten Polizeisirenen die Stille. Sie wurden lauter und lauter, bis die grellen Blaulichter direkt auf mich zurasten.

Für einen Moment dachte ich, die hätten es auf mich abgesehen und würden mich gleich verhaften, weil ich hier herumlungerte, aber das Polizeiauto flog an mir vorbei und hielt ein paar Häuserblocks entfernt an. Jetzt musste ich eine Entscheidung treffen – weiter auf Peter warten oder dem Grund für den Lärm nachgehen.

Noch einmal starrte ich erwartungsvoll in Richtung der Stelle, wo das Gebäude mit der Tür zu dem unterirdischen Versteck hätte sein sollen, und joggte dann die Straße hinunter, wo ich Officer Bouchard entdeckte, der gerade aus seinem Polizeiauto kletterte.

„Was ist passiert?", rief ich außer Puste, obwohl ich nur ein kurzes Stück gerannt war. Wenn ich doch nur so gut in Form wäre wie Grandma. Vielleicht sollte ich sie demnächst fragen, ob ich bei ihrem Zumba-Kurs, von dem sie immer so schwärmte, mitmachen dürfte. Aber erst musste die ganze Sache hier geklärt sein.

Officer Bouchard, ein sehr freundlicher Polizist unserer Stadt, stand kopfschüttelnd da. „Wir wurden wegen eines Raubüberfalls gerufen, der hier angeblich im Gange sein sollte, aber die Tür ist verschlossen und es gibt keine Anzeichen dafür, dass sich jemand gewaltsam Zutritt verschafft hat."

Ich spähte in das beleuchtete Schaufenster der Boutique, die teure Brautmode verkaufte und sich eines guten Rufs in Blueberry Bay erfreute. Es war niemand drinnen. „Wo ist der Einbrecher hin?"

Der Officer schüttelte wieder den Kopf und wandte sich zu mir um. „Angie, Sie waren doch zu Fuß hier in der Nähe unterwegs, oder? Haben Sie irgendwen gesehen?"

„Nein. Sorry." Ich schaute ihn stirnrunzelnd an

und wünschte, ich hätte ihm etwas anderes sagen können.

Er stieß einen frustrierten Seufzer aus und fuhr sich mit der Hand durch das strubbelige Haar. „Das ist schon das dritte Mal diese Woche, dass wir so einen Anruf erhalten haben. Auf den Videoüberwachungsaufnahmen ist nie etwas zu sehen, aber die Kassen und Tresore sind stets ausgeräumt. Man könnte meinen, es sei alles nur Show, Sie wissen schon, Versicherungsbetrug, aber es passiert immer wieder, und ich kann mir beim besten Willen nicht erklären, wie."

Zitternd sog ich die Luft ein, beschloss jedoch, ihm nichts zu sagen, obwohl ich den leisen Verdacht hatte, dass das verschwundene Versteck irgendwie mit all dem zu tun haben könnte.

Natürlich wusste ich nun bereits, dass ich nicht die Einzige in Glendale war, die eine Superkraft besaß. Zum einen war da Peter, aber wie viele gab es darüber hinaus, denen man es einfach nicht ansah, wenn man ihnen auf der Straße begegnete? Meine Fähigkeit, mit Tieren zu sprechen, war ja im Grunde harmlos, aber was vermochten andere zu tun? Konnten sie ganze Gebäude verschwinden lassen? Einen Einbruch begehen, ohne eine Spur zu hinterlassen? Jemanden ermorden, ohne jemals verdächtigt zu werden?

Ich schluckte den riesigen Kloß in meiner Kehle hinunter. „Ich bin sicher, es gibt eine vollkommen logische Erklärung dafür", sagte ich zu Officer Bouchard und hoffte inständig, dass sich dies als wahr erweisen würde, auch wenn ich davon insgeheim ganz und gar nicht überzeugt war.

Wie sollte ich auch? Die Grenze zur Normalität lag weit hinter uns, so weit, dass ich mich wie in einer Parallelwelt fühlte.

Octocat und ich hatten bereits mehr als einmal mit Mördern zu tun gehabt, aber das waren ganz normale Menschen gewesen. Böse Menschen, völlig klar. Aber trotzdem *normal.*

Ob diese mysteriösen Einbrecher eine neue Art von Kriminellen darstellte, die sich magischer Kräfte bedienten? Was würde passieren, wenn wir sie aufspürten?

Wir hätten keine Chance ...

9

Am Wochenende verbrachte ich einige Zeit damit, Nachrichtenartikel und Beiträge in den sozialen Medien über die jüngste Welle von Einbrüchen im Zentrum von Glendale zu lesen. Die Berichte deckten sich mit dem, was Officer Bouchard mir erzählt hatte. Ich fuhr auch noch ein paar Mal durch die Innenstadt, in der Hoffnung, das Versteck doch noch zu entdecken oder vielleicht Moss zu begegnen. Natürlich scheiterte dieser Plan gründlich.

„Warum regst du dich darüber so auf?", fragte mich Octocat, als wir uns am Sonntagabend ins Bett kuschelten. „Das Gebäude ist verschwunden und dieser fiese Gangster gleich mit. Sie sind weg und deshalb ..." Er hielt dramatisch inne und leckte sich über die Brust. „Nicht mehr unser Problem."

Mein Kater mochte all diese seltsamen Vorgänge nicht als sein Problem betrachten, aber für mich waren sie definitiv ein Problem. Ihm würde nichts Schlimmes passieren, wenn die Leute herausfänden, dass ich mit ihm reden konnte. Ich war hier diejenige, der möglicherweise Gefahr drohte, und es verletzte mich, dass ihm das egal war.

Doch ich verschwieg ihm, wie besorgt und enttäuscht ich war, denn ich brauchte ihn unbedingt auf meiner Seite. „Bist du nicht wenigstens ein bisschen neugierig, wie ein ganzes Gebäude einfach so verschwinden kann? Willst du nicht wissen, was passiert ist?"

Octocat streckte ein Bein über seinen Kopf und begann, sich an Stellen zu lecken, die er sich besser für einen privaten Moment aufgehoben hätte. „Neugierde hat schon viele Katzen ihre Leben gekostet", murmelte er. „Und da ich nur noch vier davon habe, möchte ich lieber nicht zu viel riskieren."

Wenn er so dramatisch redete, kriegte ich immer eine Gänsehaut und konnte auch nur schwer sagen, ob er es ernst meinte oder nicht. „Bist du wirklich schon dreimal gestorben?", erkundigte ich mich neugierig. „Es fällt mir schwer, das zu glauben."

Er senkte sein Bein, dann machte er sich ganz lang und streckte sich mit einem zufriedenen Miauen. „Ob du es glaubst oder nicht, es spielt ohnehin keine Rolle. Allein die Wahrheit zählt. Und ob du etwas daran ändern kannst."

Ich grübelte einen Moment darüber nach. Es klang logisch, aber schlauer war ich jetzt trotzdem nicht. „Das macht Sinn", sagte ich schließlich. „Ich weiß, dass du über diese Geschichten hinweg bist, aber hast du eine Ahnung, was es am Freitag mit dem Versteck auf sich hatte und wo es geblieben ist?"

„Klar, habe ich." Er rollte sich auf den Rücken und wälzte sich genüsslich hin und her. Trotz all seiner Zickerei tat er das in letzter Zeit auffallend oft.

„Also?", hakte ich ungeduldig nach. „Willst du das für dich behalten oder hättest du die Güte, es mir zu verraten?"

Octocat drehte sich auf die Seite und zog eine Grimasse. „Ich kann es dir sagen, aber es wird dir nicht gefallen."

„Warum, was …?"

„*Magie*", unterbrach er mich.

Damit hatte ich zwar nicht gerechnet, aber es überraschte mich auch nicht sonderlich, angesichts der jüngsten Ereignisse. „Magie? Könnten du das vielleicht noch etwas konkretisieren?"

„Mmm, nein. Nicht wirklich." Er gähnte und zuckte mit den Achseln. „Mehr weiß ich nicht."

Offen gestanden, die Tatsache, dass er überhaupt etwas wusste, überraschte mich. Hatte er noch mehr Infos auf Lager, die er mir vorenthielt? Ich wollte unbedingt sofort alles aus ihm herauskriegen. Allerdings musste ich das vorsichtig angehen – ich kannte ja meinen Kater. Wenn ich ihn jetzt mit zu vielen Fragen bombardierte, würde er mich zur Strafe einfach stehen lassen, bis ich mich wieder im Griff hatte.

„Aber du meinst, es war Magie im Spiel?", horchte ich nach, wobei ich ihn nicht direkt ansah und leicht nervös über die weiche Bettdecke strich. „Heißt das, du glaubst an Magie?"

„Was habe ich dir denn eben zum Thema Glauben und Wahrheit gesagt?", entgegnete mir Octocat und sah mich erwartungsvoll an. Er ging wohl davon aus, dass bei mir gleich der Groschen fallen würde, und zählte leise einen Countdown runter. Wie witzig. Seine Arroganz kannte wirklich keine Grenzen.

„Okay." Ich versuchte, mir meine Verärgerung nicht anmerken zu lassen. „Bitte erzähl weiter."

Er nickte wohlwollend. „Vielen Dank. Und, ja, Magie *ist* real. Obwohl man sie nur sehr selten findet. Und bevor du fragst, ich weiß das, weil manche

Katzen die Spuren sehen können, die sie hinterlässt. Nicht ich, wohlgemerkt. Nur einige andere, weniger coole Katzen."

Unglaublich. Ich schüttelte den Kopf und unterdrückte einen Seufzer. „Du hast also die ganze Zeit gewusst, dass es Magie gibt und mir nie etwas davon erzählt? Du erklärst mir stundenlang, wie dein Nickerchen-Zeitplan aussieht, hast es aber nie für nötig gehalten, mich mal über diese magischen Dinge ins Bild zu setzen?"

Octocat stand auf und machte einen Katzenbuckel, mit dem er meinen Einwand wohl abschütteln wollte. „Wenn du dich erinnerst, habe ich bei unserem allerersten Treffen etwas von Magie erwähnt. Du versuchtest damals herauszufinden, warum wir miteinander reden können. Du meintest zu mir, dass es so etwas wie Magie nicht gebe, also habe ich es nicht mehr angesprochen."

Ich dachte zurück an jenen Tag, der nun schon viele Monate zurücklag, und ... *er hatte recht!* Er hatte absolut recht. Andererseits, wenn ihn etwas wirklich beschäftigte, ließ er damit eigentlich nie locker. Wie konnte es sein, dass er etwas dermaßen Wichtiges einfach unter den Tisch gekehrt hatte?

Er musterte mich mit goldbraun-glänzenden Augen. „Ich weiß, was du jetzt denkst, und die

Antwort ist *nein*. Meines Erachtens solltest du dich nicht noch mehr da hineinziehen lassen. Es reicht. Ich bin schon einmal am Kragen gepackt worden. Welchen Beweis brauchst du noch, dass diese Typen ein faules Spiel treiben?"

„Bin ich …?" Ich zögerte. Das war eine schwierige Frage, über deren Tragweite ich noch gar nicht richtig hatte nachdenken können. „Bin ich wie sie?", fragte ich schließlich mit zitternder Stimme.

Octocat rollte sich auf dem Bett herum und lachte laut auf. „Wie sie? Was meinst du damit? Glaubst du, du bist jetzt eine Art böse Hexe, nur weil du mit dem großen Octavius Maxwell Ricardo Edmund Frederick Fulton Russo reden kannst? Das ist an sich zwar auch nicht unerheblich, wohlgemerkt, aber …" Er brach in schallendes Gelächter aus und wälzte sich vergnügt von einer Seite zur anderen.

Mein Geduldsfaden war drauf und dran zu reißen. Wieder einmal besaß mein Kater wichtige Informationen, die ich brauchte, um einen Fall zu lösen. Ja, und wieder einmal zog dieser aufgeblasene Zwerg eine Show ab und teilte sein Wissen nicht mit mir.

Schließlich kam er wieder runter und teilte mir mit: „So etwas wie Hexen oder Zauberer gibt es nicht.

Du musst diese fiktiven Stereotypen aus deinem Kopf verbannen. Okay?"

„Aber ..."

„Aber es *gibt* Magie", betonte er erneut. „Viel mehr weiß ich nicht, denn ich selbst besitze nicht solche Kräfte."

Mir blieb der Mund offen stehen, und ich deutete auf mich selbst, da es mir gerade die Sprache verschlagen hatte.

Octocat schüttelte den Kopf. Magie hin oder her, er verstand mich eindeutig. „Und du auch nicht. Ich glaube eher, dass ein Hauch Magie von jemandem auf dich abgefärbt hat, eine Art Rückstand oder so. Und hey, einer geschenkten Katze schaut man nicht ins Maul."

„Also, was soll ich jetzt machen?", sprudelte es aus mir heraus. Mein Kater hatte mir gerade eine ganz neue, verborgene Welt eröffnet, und mein Gehirn raste mit Überschallgeschwindigkeit, um das zu verarbeiten.

Magie gibt es wirklich. Wer hätte das je vermutet? Ich ganz sicher nicht.

„Du? *Du* machst gar nichts. Ich? *Ich* mache auch nichts. Vergiss dieses Gespräch einfach wieder, okay?" Er sprang vom Bett und verließ den Raum. Ende der Unterhaltung. Warum wich er mir aus?

Wusste er mehr, als er zugeben wollte? Würde er zu einem späteren Zeitpunkt bereit sein zu reden, mir mehr zu verraten?

Leider konnte man das bei Octocat nie genau wissen.

Meine einzige Hoffnung war nun, dass Peter etwas mitteilsamer sein würde. Ich nahm mir vor, ihn morgen auf der Arbeit anzusprechen.

* * *

Am nächsten Morgen war Peter schon vor mir im Büro. Er schien in etwas auf seinem Computerbildschirm vertieft zu sein, als ich hereinkam.

„Hey", begrüßte ich ihn zögerlich. Mein Gefühl sagte mir, am besten mit Bedacht vorzugehen, so wie ich es bei Octocat auch oft tat. *Vorsichtig.*

„Hey", murmelte er zurück, ohne auch nur einmal aufzusehen.

„Was war los am Freitagabend?", fragte ich beiläufig, als ich an meinen Platz an unserem Schreibtisch ging.

Er sprang von seinem Stuhl auf und legte mir eine Hand auf den Mund, sodass ich beinahe einen Herzinfarkt bekam. „Nicht", warnte er mich, bevor er

Finger für Finger wieder zurückzog. „Lass es einfach."

„Aber ich habe auf dich gewartet", erwiderte ich und starrte ihn wütend an. Sollte er sich doch ruhig seltsam aufführen, ich würde mich nicht von ihm einschüchtern lassen – nicht, solange er mir wichtige Antworten schuldig blieb.

Das juckte ihn wohl nicht, denn er entgegnete wie so oft betont gelangweilt: „Ja, nun, es kam etwas Wichtigeres dazwischen."

„*Okay*", sagte ich langsam, hielt inne und atmete tief durch. Ich durfte jetzt nicht die Fassung verlieren. Das wäre total kontraproduktiv. Was auch immer er da abzog, ich musste sein Spiel mitspielen. „Hättest du denn vielleicht ein anderes Mal Zeit?", säuselte ich.

„Hör auf, so zu tun, als hätte ich dich versetzt, als hätten wir ein Date gehabt", schnaubte er. „Du kannst mich nicht um den Finger wickeln."

„Aber ..."

Peter hob die Hand und vollführte die gleiche seltsame Geste wie Moss, kurz bevor die Tür zum Versteck verschwand. Ich beobachtete ihn gebannt.

Plötzlich fühlte ich mich glücklich – nein, nicht glücklich, *zufrieden*.

Gut.

Großartig.

Ah.

Jemand räusperte sich von der anderen Seite des Raums, und ich drehte mich mit einem albernen Lächeln im Gesicht zu Bethany um.

„Angie, ich würde gerne kurz mit dir sprechen. Kommst du mal in mein Büro, bitte?" Ihre freundlichen Worte hatten einen besorgten Unterton, und ihr Gesichtsausdruck bestätigte das.

„Was läuft da zwischen dir und Peter?", fragte sie, nachdem ich die Tür hinter mir zugezogen hatte.

Ich zuckte mit den Schultern. Mein Körper fühlte sich immer noch ganz leicht und mein Kopf benebelt an. Es dauerte einen Moment, bis ich mich gefasst hatte.

Dann konnte ich wieder klar denken

Peter. Ich hasste den Kerl.

„Er ist nervig, und ich wünschte, du hättest ihn nicht eingestellt", sagte ich mit finsterem Blick. Der Anflug von Euphorie, den ich kurz zuvor verspürt hatte, war wie weggeblasen.

Bethany hatte an ihrem Schreibtisch Platz genommen und betrachtete mich misstrauisch. „Sonst noch etwas?"

Super. Endlich war jemand bereit, sich meine Bedenken zu Peter Peters anzuhören. Nur konnte ich mich nicht mehr genau erinnern, was ich genau gegen ihn hatte.

Bethany trommelte mit den Fingern auf den Schreibtisch und hob eine ihrer perfekt gestylten Augenbrauen. „Also?"

„Nichts Bestimmtes", sagte ich, völlig irritiert darüber, warum ich mich nicht an die jüngsten Ereignisse erinnern konnte. „Ich kann ihn einfach nicht leiden."

Ein Lächeln huschte über ihr Gesicht, und mit einem Mal sah sie viel weniger besorgt aus. „Gut", sagte sie, „danke, Angie. Das wäre dann alles."

Ich hatte keine Ahnung, was mit mir los war und warum mir dieses Gespräch so zu schaffen machte. Mein Kopf schien immer noch voller Watte zu sein.

Vielleicht hatte ich mir eine Erkältung eingefangen.

Oder vielleicht hatte Peter ...

Nein.

Auf keinen Fall.

Die Antwort schien zum Greifen nahe, doch egal, wie sehr ich mich anstrengte, ich kam nicht dahinter.

Vielleicht war das Unvermeidliche nun tatsächlich eingetreten.

Zuerst die Gespräche mit meiner Katze, über Monate hinweg. Nun hatte wohl endgültig den Verstand verloren.

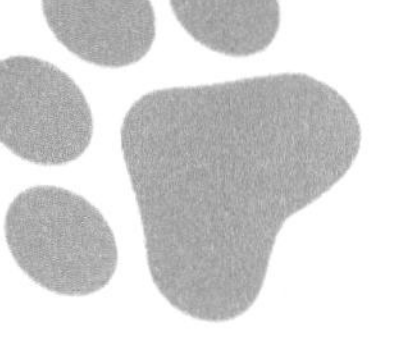

10

„Wie war Peter heute drauf?", erkundigte sich Octocat beim Mittagessen. Normalerweise verschlief er unsere Mahlzeit, aber heute hatte Grandma auch für ihn eine Tässchen Muschelsuppe vorbereitet, sodass er bereitwillig mit uns am Tisch saß.

Mein Tag war bis zu diesem Zeitpunkt total belanglos gewesen. Erwartete mein Kater etwa irgendeine pikante Klatschgeschichte? Ich war genervt. „In Ordnung", antwortete ich langsam und rätselte dabei, was er hören wollte. „Warum fragst du?"

Octocat hörte auf, seine Suppe zu schlürfen, und starrte mich entgeistert an. Sahnetropfen klebten in seinem Schnurrhaar, was ihn jedoch ausnahmsweise nicht zu stören schien. „*Warum?* Meinst du das ernst? Du erinnerst dich aber an seinen Besuch hier, oder? An unseren Ausflug in die Stadt zu diesem Versteck? Klingelt da irgendetwas bei dir?"

„Das Versteck ..." Das sagte mir etwas. Hatte ich nicht...? „Oh, richtig!" Jetzt fiel mir alles wieder ein.

„Was für ein Versteck?", wollte Grandma wissen, die am Kopfende des Tisches saß.

„Wie konntest du das vergessen?" Octocat musterte mich mit besorgter Miene. „Wir hatten doch am Wochenende überhaupt kein anderes Thema!"

Ich rührte in meiner Suppe herum und sah zu, wie der Dampf vor mir aufstieg. „Der Tag heute war seltsam", sagte ich schließlich. Dann erklärte ich Grandma: „Peter hatte mir doch eine Adresse gegeben. Dort ist dieses Versteck beziehungsweise es war dort, bis es verschwunden ist."

„Und ihr habt das ganze Wochenende darüber geredet, mir gegenüber jedoch keinen Ton davon erwähnt?" Das schien sie zu treffen, andererseits konnte sie auch ihre Neugierde nicht verbergen. Großmutter nahm einem so schnell nichts übel, weshalb ich mich immer besonders mies fühlte, wenn es dennoch passierte.

„Tut mir leid. Ich dachte, es könnte dich in Gefahr

bringen, aber ich kann mich nicht mehr genau erinnern, warum überhaupt", versuchte ich ihr stockend zu erklären.

„Wow, was haben die denn mit dir angestellt?", entfuhr es Octocat mit einem tiefen Knurren. „Ich hatte erst nicht gedacht, dass ich dem vielleicht genauer nachgehen sollte, aber anscheinend haben sie dir eine Gehirnwäsche verpasst. Also sollte ich mich wohl doch mal darum kümmern."

Gehirnwäsche? Hatte sich mein Kopf heute deshalb so beduselt angefühlt? In gewisser Weise passte das, aber so etwas funktionierte doch nur im Film, oder? „Du denkst, sie haben einen Teil meiner Erinnerung einfach gelöscht?", murmelte ich, während Octocat mir bohrende Blicke zuwarf.

„Ja, genau das meine ich!", rief er und peitschte mit dem Schwanz

„Wer sind denn *sie*?", hakte Grandma mit sanfter Stimme nach.

Fragend schaute ich Octocat an.

„Zaubervolk", zischte er angewidert. „Magie-Missbraucher".

„Magie?", fragte ich erschrocken. Hatten wir darüber schon gesprochen? War mir schon wieder etwas Wichtiges entfallen?

„Magie!", rief meine Großmutter entzückt. „Hat sie endlich auch Blueberry Bay erreicht?"

Jetzt starrten wir sie beide an. „Du weißt etwas über Magie?", platze ich fassungslos heraus. War ich denn die Einzige hier, die völlig im Dunkeln tappte?

Sie lachte. „Nein, schön wär's, aber es klingt nach einer Menge Spaß."

„Nein, Grandma", sagte ich missbilligend. „Bitte lass dich nicht auf so etwas ein. Ich flehe dich an."

Sie verschränkte die Arme vor der Brust und starrte mich an. „Spaß hin oder her, ich gehe dahin, wo du hingehst, und das scheint zufällig gerade amüsant zu werden. Und jetzt schieß los!"

Oder richtig, richtig gefährlich, fügte ich gedanklich hinzu, und mir wurde ganz übel dabei.

Octocat rekapitulierte die Ereignisse der vergangenen Woche, zum einen, um meinem Gedächtnis auf die Sprünge zu helfen, und zum anderen, um Großmutter auf den neuesten Stand der Dinge zu bringen. Er erzählte es uns in allen Einzelheiten, und ich erinnerte mich sofort wieder an alles – das wäre mir sonst nicht gelungen. Sehr merkwürdig.

„Also", Grandma rieb sich eifrig die Hände. „Lasst mich das noch einmal zusammenfassen: Peter kann auch mit Tieren sprechen. Es gibt eine Art magischen Club in der Stadt, der einfach so verschwinden kann, wenn nötig, und jemand benutzt Magie, um die Geschäfte im Zentrum auszurauben. Ist das alles?"

„Ja, reicht das denn nicht?" Jetzt fühlte sich mein Kopf auf einmal ganz schwer an aufgrund all der Informationen, die auf mich einprasselten. „Das ist doch schon eine ganze Menge."

Sie stand abrupt auf und eilte Richtung Haustür.

„Wo willst du hin?" Ich konnte kaum sprechen, und mir war total schwindelig. Am liebsten hätte ich mich jetzt hingelegt, aber ich konnte doch nicht einfach zusehen, wie sich meine Großmutter ganz allein in eine gefährliche Situation stürzte.

Zum Glück sagte sie dann etwas, was mich ein wenig beruhigte: „Wir müssen einkaufen gehen."

„Was? Warum?" Ich rieb mir die Schläfen, um mein Gehirn wieder auf Kurs zu bringen.

Grandma schien von dieser sonderbaren Wendung der Ereignisse völlig unbeeindruckt zu sein – im Gegenteil, sie freute sich offenbar richtig darüber. „Ich habe keine geeigneten Klamotten für eine Observierung und bezweifle, dass du welche hast."

„Eine Observierung?"

„Ja, was denn sonst? Also, kommst du jetzt mit oder nicht?"

Also fuhren wir zum nächsten Shoppingcenter

und kauften für uns beide komplett neue Outfits, inklusive zweier schwarzer Mützen mit sehr unauffälligem Totenkopfsymbol vorne drauf. Sie nahm sogar ein winziges, schwarzes Halstuch für Octocat mit, obwohl mir klar war, dass er es hassen würde.

Den Rest des Abends verbrachten damit, diverse Sachen für die geplante Observierung zusammenzustellen. Neben ausreichend Proviant packten wir auch Brettspiele, Decken, Hörbücher und noch so einige andere Dinge zum Zeitvertreib ein. Vor allem jedoch versuchte ich, Grandma bei ihren großen Vorbereitungen für unser bevorstehendes Abenteuer nicht im Weg zu stehen.

Als es dunkel wurde, sprang sie schlagartig auf und rief mit angespannter Miene: „Es wird Zeit!"

Auch wenn sie von Spionagefilmen besessen war und Octocat sich ständig juristische TV-Shows anschaute, half uns das jetzt nicht wirklich, und ehrlich gesagt hatte ich von dieser Observierung schon vor Beginn die Nase voll. Hoffentlich würde die Aktion zumindest zu einigen hilfreichen neuen Informationen führen.

„Wir nehmen mein Auto", erklärte Grandma. Ihr kleiner roter Sportwagen war nicht gerade diskret, aber darüber zu diskutieren würde nichts bringen, da sie sich bereits auf ihre Rolle heute Abend eingeschossen hatte – vermutlich ein weiblicher James Bond mit silbernem Haar. Und ich sollte dann wohl ihren Handlanger mimen.

Wir parkten in der Innenstadt und tranken heißen Kakao aus Thermoskannen, die schwarz wie unsere Klamotten waren. Octocat saß auf dem beengten Rücksitz und beschwerte sich lautstark, dass er nicht genug Platz hatte.

„Achtet auf alles, was euch irgendwie verdächtig vorkommt", flüsterte Grandma, obwohl niemand in der Nähe war, der uns hören konnte. „Haltet Ausschau nach Personen, die sich in der Nähe des Verstecks aufhalten oder eines der Geschäfte nach Ladenschluss betreten", instruierte sie uns weiter.

„Wie lange werden wir hier Wache halten?", fragte ich gähnend.

„So lange wie nötig", erwiderte sie mit fest entschlossenem Blick. „Wenn du zwischendurch schlafen willst, können wir uns notfalls abwechseln."

Also echt, das klang für mich überhaupt nicht lustig. Hoffentlich würden sich unsere geheimnis-vollen Gauner bald zu erkennen geben, damit wir schnell wieder nach Hause und ins Bettchen gehen könnten.

Die Zeit kroch dahin. Grandma erzählte uns die Handlungen all ihrer Lieblings-Actionfilme, während es in der Innenstadt von Glendale langsam ruhiger wurde, die Läden schlossen und die Leute nach Hause gingen. Abgesehen von einigen streunenden Hunden, die geschäftig an uns vorbeiliefen, war nichts los. *Nichts Verdächtiges.*

Aber dann passierte doch etwas.

Nur ein kurzes Stück von uns entfernt ertönte plötzlich ein schriller Alarm, und helle Lichter durchfluteten die eben noch dunkle Straße. Da vorne, beim Juweliergeschäft! Ich erkannte es sofort. Großmutter zögerte keine Sekunde. Sie setzte etwa fünfzig Meter zurück und brachte den Wagen direkt vor dem Laden zum Stehen. Drinnen war allerdings niemand zu sehen, der das Sicherheitssystem ausgelöst haben könnte.

Wie schon am Freitagabend heulten die Sirenen auf, und ein paar Minuten später tauchte Officer Bouchard auf. „Sie schon wieder“, rief er, als er mich entdeckte.

„Das ist Zufall“, sagte ich und erhob entschuldigend beide Hände. „Ich schwöre es.“

„Wir haben etwas überwacht“, sagte Grandma und lächelte ihn mit zusammengepressten Lippen an.

„Wir wollten nur helfen“, unterbrach ich sie rasch. „Wollten sehen, ob wir den Räuber auf frischer Tat ertappen können.“

„Und deswegen haben Sie Ihren Kater mitgebracht?", fragte er skeptisch, als er Octocat durch das offene Autofenster erspäht hatte.

„Ich hänge einfach sehr an ihm." Ich biss mir auf die Lippen, während Octocat sich auf dem Rücksitz räkelte. „Aber ich habe nicht gesehen, wer da eingebrochen ist."

„Der Besitzer des Geschäfts ist auf dem Weg ", informierte uns der Beamte. „Aber ich denke, es wäre das Beste, wenn Sie verschwinden, bevor er hier ist."

Großmutter tippte sich an die Schläfe und lächelte zu dem Polizisten hoch, der nicht gerade unattraktiv war. „Gute Idee. Wir sind die einzigen Zeugen, also wird er uns natürlich verdächtigen."

Ich blickte zurück in Richtung des Verstecks, und für einen Moment glaubte ich, eine dunkle Gestalt in der Seitenstraße verschwinden zu sehen. Gerne wäre ich der Sache nachgegangen, aber ich konnte Officer Bouchard nicht noch misstrauischer uns gegenüber machen, als er ohnehin schon war.

Deshalb wandte ich mich in geduckter Haltung zu Octocat um und flüsterte: „Octocat, ich habe irgendwen oder irgendwas beim Versteck gesehen. Kannst du mal nachschauen?"

„Schon unterwegs", antwortete er, hüpfte durch

das offene Fenster auf der Fahrerseite und schlich davon.

„Danke, Officer, sehr nett von Ihnen", gurrte Großmutter, die keine Flirtgelegenheit ausließ. „Sie sind ein viel beschäftigter und wichtiger Mann hier, das ist ja ganz klar. Deshalb wissen wir es wirklich immer sehr zu schätzen, wenn Sie sich ein wenig Zeit für uns nehmen."

„Keine Überwachungen mehr", rief der Polizist ihr im Weggehen hinterher. „Haben Sie mich verstanden?"

Grandma salutierte, dann sank in ihren Sitz zurück.

Ich drückte den Knopf, um die vorderen Fenster zu schließen, und flüsterte dann: „Warte noch ein paar Minuten. Octocat checkt nur gerade ganz schnell etwas für uns."

Sie fummelte umständlich mit ihren Schlüsseln herum und tat so, als sei sie intensiv mit einer Bestandsaufnahme der Vorräte und Ausrüstung für unsere große Observierung beschäftigt. Als Octocat endlich wieder durchs Fenster hineinkletterte, winkte noch einmal freundlich in Richtung Polizei, und dann brausten wir davon.

„Und, was war es?", fragte ich meinen Kater neugierig.

„Nichts", erwiderte er frustriert. Anscheinend konnte er es selbst kaum glauben. „Absolut gar nichts."

Wie war es möglich, dass wir übersehen hatten, was sich direkt vor unseren Augen abgespielt haben musste?

Was für ein Desaster. Mit der Überwachungsmission hatten wir nur erreicht, dass ich jetzt noch besorgter war, weil magische Kräfte Besitz von meiner Heimatstadt ergriffen hatten.

11

Als ich am nächsten Morgen in die Küche kam, trug Grandma einen Velours-Jogginganzug, auf dem *STYLISH* quer über ihren Hintern geschrieben stand. Ein passendes rosa Stirnband hielt ihr die grauen Locken aus dem Gesicht, und bewaffnet war sie mit einer lilanen Alu-Wasserflasche in der Hand.

„Die Observierung geht also weiter?" Ich gähnte und wischte mir den Schlaf aus den Augen.

Sie streckte die Arme über den Kopf und beugte sich nach vorne, um ihre Zehen zu berühren. „Keine Ahnung, wovon du redest", antwortete sie augenzwinkernd. „Ich gehe gleich noch etwas spazieren, eine flotte Runde durch die Stadt. Das hält mich jung und fit."

„Alles klar, vergiss nicht, den Kater mitzunehmen." Ich musste grinsen, versuchte aber, ein Pokerface zu bewahren. „Sein Ausgehgeschirr hängt an einem der Haken im Wäscheraum."

Ich machte mich für die Arbeit fertig, und Großmutter und ich frühstückten noch schnell zusammen, bevor wir uns verabschiedeten. Mein launischer Vierbeiner weigerte sich jedoch kategorisch, mit mir zu sprechen – das Geschirr war eines der wenigen Dinge auf dieser Welt, die er noch mehr hasste als Hunde. Allerdings brauchte Grandma wirklich seine Hilfe bei ihren Ermittlungen. Mit einer Katze an der Leine mochte sie zwar etwas unauffälliger wirken, doch selbst dann würde man früher oder später merken, dass sie herumspionierte. Wenigstens hatte sie auf diese Weise ein zweites Paar Augen und Ohren zur Unterstützung.

Und meine Wenigkeit? Ich musste mich wohl oder übel allein auf den Weg begeben und mich mit dem nervtötenden Peter herumschlagen.

Zum Glück hatte auch ich einen besonderen Plan für heute. Ich schnappte mir das kleine, digitale Diktiergerät, mit dem Grandma gerne hin und wieder ihre Monologe aufnahm, legte neue Batterien ein und klemmte es in meinem BH fest. Auf der Arbeit wollte ich es sofort einschalten und alles aufnehmen, was an diesem Tag passierte. Das würde sicher gar nicht auffallen, und so könnte auch niemand versuchen, diese geheimen Beweise zu manipulieren.

Gott segne meine großen Brüste. Ansonsten waren sie im Grunde nur eine ständige Qual für meinen Rücken, aber heute konnten sie sich endlich mal als nützlich erweisen. Vielleicht hatte James Bond ja doch mehr als einen Grund, sich mit all diese großbusigen Damen einzulassen.

Was auch immer als Nächstes passieren würde, wir waren nun für alles gerüstet.

An diesem Morgen saß Peter schon an seinem Platz, als ich in der Firma eintraf, was eigentlich gar nicht in mein Bild von ihm passte. Ich begrüßte ihn kurz und ging dann aufs WC, um das Diktiergerät einzuschalten.

„Na, hattest du einen schönen Abend gestern?", fragte ich ihn, als ich zurückkam und mich zu ihm an unseren gemeinsamen Schreibtisch setzte.

Er stöhnte genervt auf und wandte sich ruckartig zu mir um. „Ich weiß, dass du mich gesehen hast, also lass den Quatsch, okay? Das ist ja wohl nicht so schwer zu verstehen."

„Was soll ich lassen?", fragte ich ungerührt, allerdings pochte mir mein Herz bis zum Hals. Da hatte ich bei ihm wohl einen Nerv getroffen. War ich der Wahrheit so dicht auf den Fersen, dass er endlich auspacken würde?

Doch es sah nicht gut aus für mich, denn er warf mir böse Blicke zu und knurrte: „Halt dich einfach zurück, capito?"

Ich verschränkte die Arme vor der Brust und drehte mich in meinem Bürostuhl schwungvoll in seine Richtung. Unsere Knie waren weniger als einen Zentimeter voneinander entfernt, als ich mich noch weiter zu ihm hinüberlehnte und ihm so entschlossen, wie ich nur konnte, direkt in die Augen schaute.

„Du bist derjenige, der dieses Spielchen angefangen hat. Warum, frage ich mich. Du wolltest doch mit mir reden über ..." Ich hielt einen Moment inne, um die richtigen Worte zu finden. „Ähm, über das, was wir gemeinsam haben."

Er ballte beide Hände zu Fäusten, und eine Sekunde lang dachte ich wirklich, er würde mir gleich eine verpassen. Aber dann seufzte er, ließ die Hände sinken und flüsterte: „Das ist nicht der richtige Ort für dieses Gespräch."

Ich hatte ihn in der Zange. Nicht schlecht. Und wer weiß, vielleicht musste ich nur noch ein wenig nachhelfen, dann würde er endlich reden, und ich könnte alle seine Geheimnisse aus ihm herausquetschen.

Nein, ich würde mich nicht von ihm einschüchtern lassen. Also stieß ich ihm einen Finger gegen seine Brust und sagte nachdrücklich: „Mag sein, aber du hast mich letztes Mal schon versetzt, als wir uns woanders treffen wollten, und ich bin es leid, Risiken einzugehen."

„Ich habe dich nicht versetzt!" Er schrie beinahe, holte dann aber tief Luft und versuchte, sich zu beruhigen. „Ich habe dich nicht versetzt. Du bist diejenige, die sich nicht an die Abmachung gehalten hat, weil du früher aufgetaucht bist und die Katze mitgebracht hast."

Ich hatte ihn tatsächlich aus der Fassung gebracht. *Strike!*

„Ja, na und?", entgegnete ich schnippisch und schaute ihn grimmig an. „Was ist gegen meine Katze einzuwenden?"

Er lachte verbittert auf, dann zog er sein Hemd ein Stück hoch, um mir die tiefen Kratzspuren von Octocats Angriff letzte Woche zu zeigen.

„Gut, okay." Ich musste mich wirklich zusammenreißen, um nicht zu grinsen, während ich die roten Striemen auf seiner Haut betrachtete. „Also, versuchen wir es noch einmal?"

„Nein", antwortete Peter, drehte sich in seinem Stuhl von mir weg und tat so, als würde er sich auf den Bildschirm konzentrieren. Aber ich sah, dass er mich immer noch aus den Augenwinkeln beobachtete.

Ich schnaubte, langte hinüber und schaltete seinen Monitor aus. „O doch!", beharrte ich.

„Wenn ich gewusst hätte, dass du mir nur einen Haufen Ärger einbringst, hätte ich nie ..." Er stockte und schluckte den Rest des Satzes hinunter.

„Hättest du nie was?" Ich lehnte mich noch weiter zu ihm hinüber, sodass mir der unangenehme Geruch seines Rasierwassers direkt in die Nase stieg. Wir waren uns jetzt so nahe, dass ich ihn hätte küssen können, aber das würde ich ganz sicher niemals freiwillig tun. Das Einzige, was ich von diesem Kerl wollte, waren ein paar Antworten.

„Vergiss es." Seine Stimme zitterte, und sein Gesicht hatte inzwischen den gleichen Rotton angenommen wie die Kratzspuren auf seiner Brust.

Ich stupste ihn erneut an. Er sollte bloß nicht denken, dass ich ihn damit davonkommen ließ. „Ja, schon klar, du hast versucht, mich alles vergessen zu lassen, nicht wahr? Aber du kannst mich nicht so einfach abspeisen, wie du denkst."

„Hältst du jetzt endlich die Klappe?", brüllte er

und riss dabei erbost die Augen auf. Dann räusperte er sich, lehnte sich zu mir herüber und flüsterte mir ins Ohr: „Hör auf, dich in meine Angelegenheiten einzumischen. Sonst wird bald ganz Blueberry Bay deine netten, kleinen Geheimnisse erfahren. Hast du mich verstanden?"

Ich nickte langsam, wusste allerdings nicht, ob er es ernst meinte oder nur bluffte. Für den Moment zog ich es vor, es nicht weiter auszutesten. Es spielte aber auch keine Rolle, denn er machte wieder diese merkwürdige Handbewegung unter dem Schreibtisch, und plötzlich war mir einfach wieder alles egal.

Erst als ich Stunden später nach Hause kam, fiel mir das Diktiergerät wieder ein, das immer noch in meinem BH steckte. Wie gut, dass ich das blöde Ding daheim meist sofort auszog.

„Hast du bei deinem Stadtspaziergang irgendetwas Interessantes entdecken können?", erkundigte ich mich bei Grandma, die gerade in der Küche dem Mittagessen den letzten Schliff verpasste.

Sie verdrehte lächelnd die Augen. „Nein, Fehlanzeige, aber wir versuchen es morgen noch einmal."

Octocat grummelte: „Sie vielleicht, aber ich bin raus. Bitte sag mir, dass du heute etwas aus Peter herausbekommen hast." Er blickte mit großen, flehenden Augen zu mir auf, und ich wünschte, ich hätte eine gute Nachricht für ihn, zumindest eine bessere als *ich kann mich nicht erinnern*.

„Ich habe diese Aufnahme hier", sagte ich und hielt das kleine Gerät in meiner Hand hoch, dass ich eben in meinem BH wiederentdeckt hatte.

„Oh, großartig", rief Grandma. „Bühne frei!" Sie neigte den Kopf zur Seite und gluckste. „Das hören wir uns beim Mittagessen an."

Ich lachte und schaltete das Diktiergerät ein. Hoffentlich war die Aufzeichnung gelungen. Nach wenigen Minuten ertönte Peters und mein Gespräch von heute Morgen durch den winzigen Lautsprecher.

Einige der Worte wurden durch das Rascheln meiner Bluse übertönt, aber die entscheidenden Punkte kamen trotzdem unmissverständlich rüber: Peter wusste, dass ich etwas wusste, und er hatte Angst, dass ich noch mehr herausfinden könnte.

„Das reicht!", meinte Octocat nach Peters letzter geflüsterter Drohung. „Ich übernehme ab sofort die Leitung der Ermittlungen in diesem Fall."

„Warte. Was meinst du?", stammelte ich. Er hatte noch nie die Führung übernommen, und die Tatsache, dass er es jetzt tun wollte, war mir äußerst unheimlich. „Was ist dein Plan?"

Er saß vor mir auf dem Tisch und fuhr demonstrativ die Krallen an einer seiner Vorderpfoten aus.

„Du weißt ja schon, dass Katzen viele Talente besitzen. Und zu deinem Glück bin ich sogar noch talentierter als die meisten anderen. Aber weißt du, was ich am besten kann?"

Ich schüttelte den Kopf und hoffte, er würde einfach weiterreden. Octocat hielt sich selbst für das größte Genie aller Zeiten – wie sollte ich also ahnen, worauf er hinauswollte?

„Anpirschen und meine Beute erledigen", antwortete er mit einem finsteren Lächeln. „Glaub mir, wenn ich eine Ratte rieche, dann verspeise ich sie zum Abendessen."

Irritiert starrte ich ihn an. Was meinte er denn damit genau?

Er seufzte und verdrehte die Augen. „*Peter.* Ich spreche von Peter."

„Du willst ihn verspeisen?" Diese Frage konnte ich mir einfach nicht verkneifen und bemühte mich, nicht zu lachen.

„Nein, natürlich nicht ..." Der Kater stöhnte. „Das war im übertragenen Sinne gemeint. Du hast meine Pointe ruiniert. Kannst du dich jetzt bitte zusammenreißen?"

„Ja, tut mir leid", murmelte ich und hörte brav zu, während er seinen Vortrag wiederholte. Als er zu dem Teil mit der Ratte kam, die er killen würde, legte ich eine Hand auf meine Brust und tat so, als würde ich in Ohnmacht fallen.

„Mein Held", rief ich betont dramatisch.

Octocat lächelte stolz. „Und vergiss das bloß nicht."

Oh, ich hatte zwar in letzter Zeit so einiges vergessen, aber diesen Kater würde niemand aus meinem Gedächtnis löschen können –, selbst wenn ich ihn manchmal zum Teufel wünschte.

Was auch immer er für einen Plan hatte, ich hoffte nur, dass er – mein *Held* – sich nicht in Gefahr bringen würde.

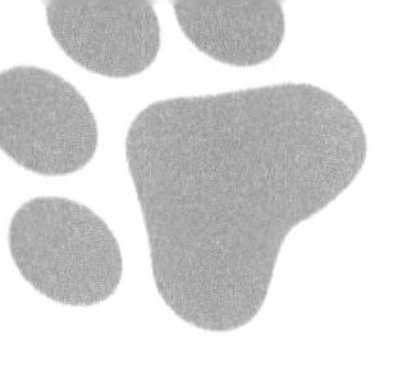

12

An diesem Abend schickte mich Octocat los, um einen Last-Minute-Einkauf für ihn zu tätigen. Er hatte sich ausgerechnet eine Apple Watch gewünscht. Es mag ja viele eingefleischte Fans dieser Marke geben, aber mein Kater gehörte sicherlich zu den treuesten aller Mac-Anhänger – er liebte seine Edeltechnik über alles.

Manchmal bereute ich es, ihm jemals ein iPad in die Pfoten gegeben zu haben.

Natürlich musste ich dafür auch noch in die nächstgrößere Stadt fahren, wo es einen gut sortierten Elektronikmarkt gab. Der Angestellte dort, den ich um Hilfe bat, schlackerte mit den Ohren, als ich ihm mein Anliegen vortrug.

„Sie wollen eine Apple Watch für Ihre Katze?",

fragte er ungläubig zum insgesamt dritten Mal. Anscheinend hielt er mich für vollkommen bekloppt.

Also erklärte ich ihm etwas genauer, worum es mir ging, weil ich keine Lust hatte, weiter seine Lachnummer der Woche zu sein. „Ja, ich will das Ding an seinem Halsband befestigen, damit ich verfolgen kann, wohin er geht, wenn er draußen unterwegs ist."

„Und es muss unbedingt ein Apple-Gerät sein?" Er hatte sich immer noch nicht wieder eingekriegt und rang inzwischen nach Luft, so sehr amüsierte er sich. „Es gibt viel günstigere Optionen, die speziell für Haustiere ausgelegt sind."

Ich zog frustriert die Stirn in Falten. *Idiot.* Offensichtlich war dieser Mann noch nie der Untertan einer Katze gewesen.

„Meine Katze bevorzugt aber Apple-Produkte, wenn es irgend geht", antwortete ich leise und hoffte, dass nicht noch weitere Mitarbeiter antanzen würden, bevor ich hier fertig war. „Können wir uns bitte einfach beeilen?"

„Ja, sicher. Es gibt da allerdings ein kleines Problem." Er hörte auf zu lachen und warf mir einen mitleidigen Blick zu. „Die aktuelle Generation der Apple Watches muss an ein Telefon gekoppelt werden, damit sie über große Entfernungen funktioniert."

„Das heißt?"

„Das heißt, so wie sie es sich vorstellen, funktioniert das nicht", erklärte er etwas ungeduldig.

Ich schaute mich ratlos um. Das Geschäft leerte sich bereits, denn es war schon kurz vor Ladenschluss. Also musste eine relativ schnelle Entscheidung her. Was war wichtiger, das Ego meines versnobten Katers oder seine persönliche Sicherheit? Die Antwort lag im Grunde auf der Hand, aber ich tat mich trotzdem ziemlich schwer.

„Okay, zeigen Sie mir die GPS-Sender für Haustiere."

Der Mitarbeiter grinste und führte mich zu einer Vitrine am Ende desselben Ganges, wo wir die ganze Zeit gestanden hatten. Ich suchte mir das Gerät aus, das am ehesten wie ein Apple-Produkt aussah.

„Oh, gute Wahl", meinte er nickend. „Das ist unser bestes Modell, wird hervorragend bewertet."

„Ja, super", sagte ich mit leicht sarkastischem Unterton. Dann flüsterte ich ihm zu: „Ich gebe Ihnen einen Zwanziger, wenn Sie mir noch bei etwas helfen."

Er erhob beide Hände und machte einen Riesenschritt zurück. „Ich hoffe, Sie versuchen nicht, mich zu bestechen, damit ich das Ding für Sie klaue." Er trat wieder neben mich und lehnte sich dicht zu mir herüber. Dann meinte er mit gesenkter Stimme: „Ich sage nicht, dass ich es nicht tun würde, nur der Preis muss stimmen."

„Was? Nein." Ich schaute mich nach den Überwachungskameras um, die natürlich direkt auf uns gerichtet waren. „Ich habe Ihnen doch schon gesagt, dass meine Katze sehr auf Apple-Produkte steht. Haben Sie vielleicht noch einen Aufkleber oder etwas in der Art übrig, mit dem wir das echte Logo überdecken und durch das von Apple ersetzen können?"

Er riss überrascht die Augen auf. Ja, er hatte definitiv noch nie unter der Fuchtel einer Katze gestanden. „Ähm, vielleicht", murmelte er, während er sich nach einem Fluchtweg umsah.

„Hören Sie, ich weiß, das klingt crazy, aber ich schwöre Ihnen, ich bin nicht verrückt." Ich lächelte und hoffte, er würde merken, dass ich keinen Dachschaden hatte. „Obwohl das ja jetzt auch nichts zur Sache tut", fuhr ich schnell fort. „Können Sie mir bitte einfach helfen, das hier wie ein Apple-Produkt aussehen zu lassen?"

Nach einigem Hin und Her – und einer Erhöhung des Bestechungsgeldes auf vierzig Dollar – willigte der Mitarbeiter ein. Als wir fertig waren, hatte ich ein passables neues Accessoire für Octocat, dem ich das Gerät als das brandneue „Apple Pet" schmackhaft machen würde. Ich verstaute die Bedienungsanleitung in meinem Handschuhfach und warf die Verpackung in den Mülleimer vor dem Laden. Ich würde ihm einfach sagen, es sei das Ausstellungsstück, weil alle anderen bereits ausverkauft gewesen seien.

Das würde ihm gefallen und sein neues Spielzeug noch exklusiver wirken lassen.

Wie erwartet war mein Kater überglücklich, als ich ihm am Abend seinen neuen Halsbandanhänger überreichte. „Das Apple Pet. Wow", gurrte er. „Es ist sogar noch schöner, als ich es mir jemals hätte vorstellen können."

„Und du bist einer der allerersten überhaupt, die eines bekommen", fügte ich hinzu. Insgeheim dachte ich, dass er wahrscheinlich die einzige Katze auf der Welt mit diesem speziell designten GPS-Tracker sein würde.

Grandma half uns, das Gerät zu testen, indem sie das Signal des Trackers in der Handy-App verfolgte, während ich mit Octocat ein paar Minuten im Auto herumfuhr. Als wir zurückkamen, zeigte sie mir den genauen Weg, den wir genommen hatten, auf der Karte in der App. Perfekt! Jetzt konnte seine große Solo-Mission beginnen.

„Pass auf dich auf!", bat ich ihn am nächsten Morgen und konnte dem Drang nicht widerstehen, ihn an mich zu drücken und ihm einen Kuss zwischen die Ohren zu geben.

„Angela, also wirklich", stieß er hervor und befreite sich aus meinen Armen. „Das Apple Pet bietet schließlich die neueste Technik, ganz zu schweigen von meiner überlegenen Intelligenz, Sportlichkeit und Ausdauer – beste Voraussetzungen also, um diesen Fall bis Sonnenuntergang gelöst zu haben."

Ich hatte ein schlechtes Gewissen, weil ich ihn angelogen hatte, aber ich wusste, dass er es besser machen würde, wenn er Apple an seiner Seite wähnte. Unser Plan sah vor, dass er an diesem Morgen mit mir zur Arbeit fahren und dann vor dem Kanzleigebäude zwischen den Sträuchern in Deckung gehen würde. Später, nach Dienstschluss, sollte er in Peters Auto schlüpfen und ihn heimlich begleiten, wohin auch immer das sein mochte.

Ich persönlich hoffte, dass es das geheime Versteck sein würde.

Grandma und ich hatten beide die App auf unseren Telefonen, sodass wir Octocats Standort verfolgen konnten, und ich hatte ihm auch gesagt, dass ich ihn um Mitternacht abholen würde, egal wo er dann war und was dort gerade abging. Die ganze Nacht wollte ich ihn auf keinen Fall allein lassen.

Inzwischen wusste ich nur zu gut, dass mit Peter nicht zu spaßen war.

„Bist du sicher?", fragte ich ihn ein weiteres Mal, als wir auf den kleinen Parkplatz vor der Firma einbogen.

Octocat blickte mich fest entschlossen an. „Natürlich bin ich sicher. Du brauchst mich doch."

„Ja, ich brauche dich. Also, sei bitte vorsichtig und sieh zu, dass du sicher nach Hause kommst."

„Angela, ich ..." Seine Stimme zitterte. Dann neigte er den Kopf und leckte mir mit seiner rauen Zunge die Hand, und mit diesem unerwarteten Gefühlsausbruch brachte er mein Herz praktisch zum Schmelzen.

„Okay, genug jetzt", flüsterte er und wartete ungeduldig, dass ich ihm Tür öffnete. Und weg war er.

Immer noch überrascht sah ich ihm nur wortlos nach, wie er davontrabte und in den Büschen vor dem Büro verschwand.

Nach ein paar tiefen Atemzügen, um mich zu beruhigen, stieg ich aus und ging ins Büro. Am liebsten hätte ich sofort die Tracking-App gecheckt, beherrschte mich jedoch. Großmutter wollte ihn auch übers Handy im Auge behalten. Es würde schon alles gutgehen.

Ausgerechnet an diesem Tag kam Peter zum

ersten Mal, seitdem er in der Kanzlei angefangen hatte, zu spät zur Arbeit. Geschlagene vierzig Minuten dachte ich, wir müssten unseren Plan um einen weiteren Tag verschieben – ich hätte ausflippen können. Als er endlich aufkreuzte, ignorierte er mich geflissentlich und blendete mich sogar mit Hilfe von Kopfhörern aus, um nicht mit mir reden zu müssen.

Es sollte mir recht sein.

Nur mit Mühe gelang es mir, die Zeit bis zum Ende meiner Schicht am Mittag geduldig durchzustehen. Dann düste ich nach Hause und setzte mich zu Grandma. Zusammen starrten wir auf den Punkt auf unseren Telefonen, der Octocats Standort darstellte und sich nicht vom Fleck rührte.

„Oh, es tut sich was!", rief Großmutter später am Nachmittag, als wir uns gerade eine Tasse heißen Tee und selbstgebackene Kekse zu Gemüte führten. Tatsächlich hatte der kleine Punkt das Büro verlassen und bewegte sich nun langsam die Main Street hinunter.

Ich warf einen Blick auf die Uhr. „Aber es ist noch zu früh! Peter muss doch bis fünf arbeiten."

„Heute nicht, wie es scheint", kommentierte Grandma achselzuckend. Ihre Augen begannen vor Aufregung zu leuchten, während der kleine Punkt seine Reise fortsetzte.

Stumm verfolgten wir, was sich auf der Karte abzeichnete. Nach mehrfachem Abbiegen durch eine Reihe von Seitenstraßen kam er schließlich zum Stehen.

„Zoom mal ran", bat ich Grandma. „Welche Adresse ist das?"

Sie tippte auf den Punkt, und die App zeigte uns die genaue Straße und Hausnummer an.

„Da wohnt er wahrscheinlich", sagte ich und machte schnell einen Screenshot, falls wir diese Information für später brauchten. „Gut zu wissen für die Zukunft."

„Was, wenn er nur etwas abhängen will, ‚Netflix and Chill' und so?", fragte Grandma mit Sorgenfalten auf der Stirn.

„Wer hat dir denn von ‚Netflix and Chill' erzählt?", fragte ich entsetzt.

Grandma winkte ab. „Ach, einer von denen beim Bingo. Er meinte, das würden heutzutage alle jungen Leute machen. Bin ich froh, dass du lieber liest, als den ganzen Tag vor dem Fernseher zu verblöden."

Ich nickte und verbarg ein Lächeln hinter meiner Hand. Es war besser, sie in ihrem unschuldigen Glauben zu lassen.

Leider sah es so aus, als würde Peter tatsächlich auf der Couch liegen oder ähnliches, zumindest bewegte sich der Punkt stundenlang überhaupt nicht. Der arme Octocat! Es blieb ihm wohl nichts anderes übrig, als einfach nur dazusitzen und abzuwarten, ob sich unsere Zielperson zu einer Missetat aufschwingen würde.

Mehrfach musste ich gähnen und fragte mich, ob Grandma und ich uns bei der Beobachtung des reglosen Punkts besser abwechseln sollten, um die Zeit bis Mitternacht, wenn wir Octocat endlich abholen würden, zu überbrücken.

Wie unspannend, und leider waren wir auch keinen Schritt weitergekommen.

Ich hatte die heutige Mission schon fast für gescheitert erklärt, als sich der Punkt plötzlich wieder in Bewegung setzte.

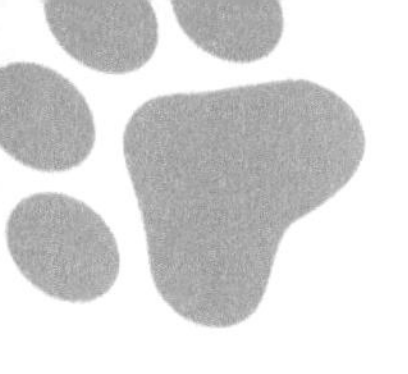

13

„Sie sind auf dem Weg in die Innenstadt!", rief ich aufgeregt, als ich erkannte, dass der Punkt nach ein paar scharfen Kurven wieder auf die Main Street einschwenkte. Ich schnappte mir mein Telefon und eilte zur Tür, wobei ich mir nicht einmal die Zeit nahm, richtig in meine Tennisschuhe zu schlüpfen.

Grandma folgte mir. „Ich komme auch mit, Liebes", beharrte sie in ihrer zuckersüßen Art.

„Auf keinen Fall", protestierte ich lautstark. „Wir brauchen dich hier in unserer Basis, falls es Probleme geben sollte. Behalte den Punkt im Auge!", rief ich ihr noch über die Schulter zu. Dann knallte die Haustür hinter mir ins Schloss und rannte zu meinem Auto.

Wenn sich Peter und Octocat auf dem Weg zum Versteck befanden, dann musste ich auch dorthin. Ich schob das Handy in die Halterung im Auto, sodass ich die GPS-App während der gesamten Fahrt beobachten konnte. Glücklicherweise schien Peter einen Stopp an der Tankstelle einzulegen, und daher schaffte ich es auf wundersame Weise, vor ihm in der Innenstadt anzukommen. Ich parkte um die Ecke und duckte mich dann hinter den Müllcontainer in jener Gasse, wo der magische Eingang liegen musste.

Atemlos beobachtete ich, wie sich der blinkende Punkt meiner Position näherte.

Da, da! Aber wo?

Sie hätten jetzt eigentlich direkt vor mir stehen müssen, aber ich konnte weder Peter noch Octocat sehen. Stattdessen stürmte ein riesiger Pitbull in die Gasse und kam direkt auf mich zu. Ich war so geschockt, dass ich eine Sekunde brauchte, um zu realisieren, dass er etwas zwischen seinen scharfen, glänzenden Zähnen festhielt.

Meine Katze!

O mein Gott, dieser abartig große Hund hatte Octocat am Genick gepackt, und er sah brutal wütend aus.

„Bitte, Mr. Dog", sagte ich mit piepsiger Stimme,

obwohl ich in diesem Moment so stark wie möglich erscheinen wollte. „Bitte, tun Sie uns nicht weh."

Der Hund sah mir in die Augen und knurrte eine Warnung.

Ich blieb reglos stehen, so wie ich es bei den Pfadfinderinnen für den Fall eines Angriffs durch ein wildes Tier gelernt hatte. Würde er mich beißen? Mich töten? Und warum hatte er sich meine Katze geschnappt?

Die Tür zum Versteck öffnete sich, und der bedrohliche Hund schleuderte Octocat die Treppe hinunter. Es krachte unheilvoll, als er auf dem Boden aufschlug. *Nein!*

„Geh da rein. Sofort!", knurrte mich jemand an. Die Stimme klang wie die von Peter, aber sie musste zu jemand anderem gehören, oder? Vielleicht stand Moss in der Nähe, nur außer Sichtweite.

Ich war immer noch starr vor Schreck, obwohl ich vor allem um Octocat und weniger um mich selbst besorgt war. Ob er sich bei dem heftigen Sturz schlimm verletzt hatte? Was wollte der Hund von ihm? Und woher wusste er von dem Versteck?

„Angela!", rief Octocat aus der Tiefe. „Angela, nicht! Es ist eine Falle!"

Oh, Octocat! Er lebte. Am liebsten hätte ich vor

Freude geheult, aber ich war immer noch wie versteinert.

„Ich sagte, geh da rein!", wurde ich erneut aufgefordert, und dann schob mich der Pitbull mit seinem Kopf die Treppe hinunter. Die Tür fiel zu und verschwand. Auch wenn mein Körper mir jetzt wieder gehorchte, gab es jetzt kein Entrinnen mehr und keinen Weg zurück.

Der Pitbull stand wutentbrannt am oberen Ende der Treppe. „Ich wusste, dass du Ärger machen würdest", grollte er. Dieses Mal war ich mir sicher, dass die Stimme von dem Hund kam. Er redete mit mir, und ich verstand ihn, so wie ich meinen Kater verstand. Aber wie war das möglich? Und warum klang er wie Peter?

Octocat war bei seinem Sturz durch den Raum geschleudert worden und lag nur wenige Meter von der gegenüber liegenden Wand entfernt. Er versuchte aufzustehen, fiel aber mit einem Schmerzensschrei auf die Seite.

„Ich dachte, Katzen landen immer auf den Füßen?", spottete der Hund mit Peters Stimme.

„Das war ein übler Tiefschlag, und das weißt du auch", rief Moss, der plötzlich aus den Schatten auftauchte. „Was ist in dich gefahren?"

„Hab' einen von euch erwischt, wie er in meinem

Revier herumschnüffelte", antwortete der Pitbull mit einem Nicken in Richtung Octocat. „Ich dachte mir, ich bringe ihn hierher, damit du das mit ihm klären kannst, ist ja schließlich einer von deiner Sorte."

Moss stand sichtlich unter Spannung. Er kniff die Augen zusammen und starrte sein Gegenüber an. „So läuft das nicht hier. Zeig dich."

Ich richtete meinen Blick wieder auf den Hund, aber offenbar nicht schnell genug. Jetzt stand dort Peter – auf allen Vieren. Mir blieb die Spucke weg, und mein Gehirn ratterte, während ich ihn mit weit aufgerissenen Augen und offenem Mund anstarrte.

„Mach doch ein Foto", meinte Peter mit einem süffisanten Lächeln. „Dann hast du länger was davon."

Ein Foto? Eigentlich keine schlechte Idee. Ich hielt mein Handy immer noch in der Hand, weil ich ja die GPS-App verfolgt hatte. Also richtete ich die Kamera auf ihn.

Im nächsten Moment schlug er mir das Telefon aus der Hand. „Geht's noch? Das war ironisch gemeint!" Er verzog verächtlich das Gesicht.

„Okay, das reicht!", grummelte Moss. Dann packte er mich überraschend kraftvoll, zog mich von Peter weg und hob mich hoch, sodass ich direkt vor seinem Gesicht baumelte. „*Du.* Ich kenne dich doch.

Hast du mir nicht die Tage erzählt, Peter sei derjenige gewesen, der dich hierher bestellt hat?"

Ich nickte langsam und hielt Augenkontakt zu ihm, auch wenn ich wahnsinnige Angst hatte, aber ich wusste, dass Moss sicher eher als Peter bereit wäre, Milde walten zu lassen. Ob ich ihn irgendwie überzeugen könnte, uns laufen zu lassen und uns nicht noch mehr weh zu tun? Ich musste es versuchen.

„Ja, genau!", rief ich. „Er hat mir letztes Wochenende gesagt, ich solle herkommen, ist dann aber nicht aufgetaucht!"

Moss sog die Luft durch die Zähne ein. „Das ist schlechtes Benehmen, du Hund. Wirklich schlechtes Benehmen." Er drehte sich wieder zu mir um und sagte: „Ich dachte, du wärst eine von uns. Warum gibst du dich mit *ihm* ab?"

„Eine von ..."

„Er ist eine Katze", keuchte Octocat. „Ich dachte, ich hätte es gerochen, als wir uns das erste Mal trafen, aber ich wusste nicht, dass Menschen so etwas können."

„Sich in Tiere verwandeln?", fragte Peter, und im Nullkommanix nahm er wieder seine Vierbeinerform an. So schnell konnte ich gar nicht gucken. Mit aufgestellten Nackenhaaren näherte er sich Octocat. „Jetzt wollen wir doch mal sehen, was du wirklich draufhast, Großmaul!"

„Hey!", protestierte ich und versuchte, mich loszureißen, um meinen armen, verletzten Kater zu verteidigen. „Lass ihn in Ruhe!"

Moss stöhnte und setzte mich ab. „Du weißt, dass das Versteck neutrales Gebiet ist", meinte er zu Peter. „Also hör auf damit."

Als ich den Blick von Peter abwandte, hatte Moss sich in eine majestätische langhaarige Katze verwandelt, deren Augen immer noch in diesem unglaublichen Grün strahlten.

„Könnt ihr beide bitte damit aufhören?", wimmerte Octocat, der immer noch am Boden lag. „Davon wird mir schwindelig."

„Bist du okay?" Ich eilte zu ihm hinüber, kniete mich hin und nahm ihn auf den Arm.

Ich durfte ihn sogar sanft an meine Brust drücken und hin- und herwiegen, was er bisher noch nie zugelassen hatte.

„Mir geht's gut", krächzte er. „Ich hab' nur jetzt ein Leben weniger, sonst nichts."

Als er mein extrem besorgtes Gesicht sah, gluckste er in sich hinein. „Hey, guck nicht so bekümmert. Ich habe immer noch fast die Hälfte meiner Leben übrig. Gib mir nur noch ein paar Sekunden, dann bin ich wieder bereit zu fighten."

„Nein", flüsterte ich und drückte meine Stirn an seine. Ich war den Tränen nahe. „Es wird nicht mehr gekämpft."

„Und wenn doch?", fragte Peter spöttisch, der unseren zärtlichen Moment mit feindseliger Miene beobachtet hatte.

„Ich sagte doch, hör auf damit!" zischte Moss. Es klang, als würde Luft aus einem Reifen entweichen. „Wir waren uns einig zusammenzuarbeiten, was Glendale betrifft."

„Dann ist sie eine Gefahr für uns beide", geiferte Peter, der in seiner menschlichen Gestalt gerade die Arme fest vor der Brust verschränkte.

Moss musterte mich stirnrunzelnd. „Nun, was soll ich jetzt mit ihr machen? Sie einsperren und den Rat entscheiden lassen?"

Peter nickte eindringlich. „Ja, genau das solltest du tun."

„Gut", erwiderte dieser, und im Handumdrehen stand Moss wieder als Mensch vor mir. Er griff erneut nach mir und schubste mich in eine Ecke des Raums. Ich wollte ihm hinterherstürmen, prallte jedoch gegen eine Art unsichtbare Wand.

„Na, wie gefällt dir unser Terrarium?", fragte

Peter mit einem boshaften Grinsen. Am liebsten hätte ich ihm seine fiese Visage poliert. Ich hatte ihn von Anfang an schon nicht gemocht, aber jetzt hasste ich ihn regelrecht. Ich würde ihm nie verzeihen können, dass er meinem geliebten vierbeinigen Freund wehgetan hatte.

„Wir wissen immer noch nicht, wer sie geschickt hat oder warum, also sollten wir vielleicht aufhören, uns gegen sie zu stellen, bis wir schlauer sind", meinte Moss. Allerdings klang er recht unsicher.

„Was ist hier eigentlich los?", schrie ich. Dabei hielt ich Octocat immer noch an meine Brust gedrückt. Jetzt konnte ich die Tränen nicht mehr zurückhalten. In Strömen liefen sie mir die Wangen hinunter.

Moss biss sich auf die Lippe, dann wandte er sich erneut an Peter. „Wir müssen zumindest den Zauber entfernen, wenn wir sie hier festhalten wollen. Ansonsten dreht sie uns durch. Das ist dir ja wohl klar, Peter."

„Na schön." Dieser schnippte mit den Fingern, und der alte, muffige Keller verwandelte sich plötzlich in einen schicken Untergrundclub. Das war also das wahre Versteck! Kirschholzvertäfelungen zierten die Wände und edler Marmor den Boden. Bei dem Terrarium, wie Peter es genannt hatte, handelte es sich um eine winzige Gefängniszelle, in der Octocat und ich nun festsaßen. Zwei Seiten bestanden aus Glas und die anderen beiden aus einer harten Wand.

Ich sprang auf und hämmerte gegen das dicke Glas. „Lasst uns raus!", brüllte ich.

„Keine Chance!" Peter lachte finster. Er schien sich prächtig zu amüsieren. War das etwa schon die ganze Zeit sein Plan gewesen? Aber warum hatte er das alles getan? Sicher nicht, um mir meinen lausigen Assistenzjob in der Kanzlei streitig zu machen.

„Wir können euch noch nicht sofort gehen lassen. Nicht, bevor der Rat entschieden hat", erklärte Moss mit einem entschuldigenden Achselzucken.

Was hatte es bloß mit diesem Rat auf sich? Wer waren die? Und wie würden sie entscheiden?

Ich schaute mich verzweifelt um. Vielleicht gab es ja doch einem Fluchtweg? In dem Moment realisierte ich, dass wir ein Publikum hatten.

14

Das Versteck schien ein reiner Männerclub zu sein. Zumindest entdeckte ich keine einzige Frau unter den Anwesenden. Andererseits, schon möglich, dass ein Teil der ganzen Katzen und Hunde hier weiblicher Natur war. Ich ließ mich in der Ecke nieder, wo die beiden Holzwände aufeinandertrafen, und versuchte, nicht eingeschüchtert zu wirken angesichts der bizarren Situation. Was für eine Nacht!

Nachdem er eine Weile seine Wunden geleckt hatte, befreite sich Octocat aus meinen Armen und begann, die Glaswand auf und ab zu schreiten. „Kopf hoch. Lass sie nicht sehen, wie fertig du bist", wies er mich an, als habe er Erfahrung damit, ein Gefangener zu sein. Ich nahm mir vor, ihn auf jeden Fall nach seiner Zeit als Jungkater zu fragen, sofern wir lebend aus diesem Schlamassel herauskämen.

„Was ist passiert, als du Peter beschattet hast?", fragte ich leise und hoffte, dass uns niemand sonst hören konnte.

„Oh, Angela. Es war alles meine Schuld." Er drehte sich plötzlich zu mir um, und in seinen sonst so ruhigen, bernsteinfarbenen Augen lag tiefes Bedauern. „Alles lief prima, aber auf der Fahrt in die Stadt ist Peter plötzlich sehr rasant abgebogen, und ich konnte nicht an mich halten. I-ich ... ich habe aufgeheult!"

Mein Kater jammerte vor sich hin, als ob er zum ersten Mal überhaupt realisieren würde, dass er nicht wirklich perfekt war. *Der Ärmste.* Diese ganze Erfahrung musste für ihn genauso lebensverändernd sein wie für mich, vielleicht sogar noch mehr.

Octocat versuchte, sich zusammenzureißen und weiterzuerzählen, kam aber immer wieder ins Stocken. „Peter bremste scharf und zerrte mi-mi-mich am Genick heraus, dann wa-wa-warf er mich für den Rest der Fahrt in den Kofferraum. Ich ma-ma-machte einen Plan, wollte ihn anspringen und ihm die Augen auskratzen, a-a-aber als wir anhielten, war es nicht er, der den Kofferraum öffnete. Es war sein anderes Ich."

Der Hund. Ich konnte immer noch nicht glauben, dass Peter fähig war, sich nach Belieben in diesen Pitbull zu verwandeln, wie ein böser Zauberer in einer Fantasiegeschichte. Das passte einfach nicht in mein kleines, beschauliches Küstenstädtchen.

„Hast du denn irgendetwas Interessantes erfahren?", erkundigte ich mich, während Octocat weiter nervös hin und her trippelte. Meine Güte, seine Anspannung war unerträglich, aber wenigstens konnte er sich wieder normal bewegen.

„Eigentlich erst hier", antwortete mein Kater mit einem Seufzer. „Aber ich fürchte, ich war so durcheinander nach dem Treppensturz, dass ich das meiste gar nicht richtig mitbekommen habe. Und ..." Er schniefte laut. „Und ..."

Erneut schluchzte und stotterte er, dass ich ihn kaum verstehen konnte, und immer wieder zog er verzweifelt die Schultern hoch.

„Ist doch nicht schlimm", beschwichtigte ich ihn und klopfte leicht auf den Boden, um ihn zu mir zu rufen. „Du kannst mir alles sagen. Ich werde dich deswegen bestimmt nicht weniger liebhaben."

Octocat trottete an meine Seite und murmelte mit abgewandtem Gesicht: „Mein neues Apple Pet. Ich bin bei dem Sturz voll draufgeknallt, und es-es-es ist zerbrochen, Angela!"

„Oh, Octavius", beruhigte ich ihn und benutzte bewusst seinen richtigen Vornamen, um ihn daran zu erinnern, dass er ein Kater mit Rang und Namen war. Es schmerzte mich, ihn so aufgelöst zu sehen. „Mach dir bitte keine Sorgen deswegen. Falls es dir irgendwie hilft, das war gar kein Apple Pet."

Er drehte sich mit weit aufgerissenen Augen zu mir um. Meine Offenbarung schien blankes Entsetzen bei ihm auszulösen. „*Was?*", fragte er empört.

Oh, nein. Da war ich wohl etwas vorschnell gewesen. Ich hatte ihn trösten wollen und nicht darüber nachgedacht, wie er diese Enthüllung wohl aufnehmen würde. Ach, hätte ich doch einfach meine große Klappe gehalten. Aber jetzt war die Katze aus dem Sack …

„Es war kein Apple", wiederholte ich, während mich seine Blicke durchbohrten. Jetzt war ich diejenige, die stotterte. „Apple Watches mü-mü-müssen an ein Telefon gekoppelt werden, um ü-ü-über eine bestimmte Reichweite hinweg zu funktionieren, und i-i-ich wollte, dass du in Sicherheit bist, also …"

„Angela!", rief er verärgert, dann wurde seine Stimme ruhiger und er ging in den Vortragsmodus über. Ich hasste den Vortragsmodus. Das hieß nämlich, dass er mich noch nicht einmal mehr beleidigen konnte, so wütend war er. „Hättest du mir ein Apple-Gerät besorgt, wie ich dich gebeten hatte, wäre das alles gar nicht erst passiert."

„Das ist nicht fair", entgegnete ich. Nach dem, was Octocat erzählt hatte, hätte Peter ihn so oder so entdeckt, und das hatte rein gar nichts mit dem GPS-Sender zu tun.

Der Kater legte die Ohren an und ließ den Kopf hängen. „Ich fasse es nicht, dass du mir weismachen wolltest, *ich* sei derjenige gewesen, der alles total vermasselt hat. Wie konntest du mich nur so an mir zweifeln lassen?"

Ich senkte den Kopf. „Tu-tu-tut mir leid."

„Ts, ts. Das reicht nicht Angela. Hättest du meine sehr einfachen, sehr klaren Anweisungen befolgt, säßen wir nicht in dieser Klemme."

Zumindest schien es ihm auf einmal besser zu gehen, während ich mich noch schlechter fühlte. „Okay, es ist alles meine Schuld. Zufrieden?"

Octocat schüttelte wieder den Kopf, dieses Mal betont langsam. „Ich dachte, ich hätte dich besser erzogen."

„Du kannst mit meiner Erziehung später fortfahren", antwortete ich ihm mit einem tiefen Seufzer. „Im Moment müssen wir uns darauf konzentrieren, einen Weg hier herauszufinden."

„Nun, das ist einfach", meinte er und zuckte kurz mit den Achseln.

Ich sprang auf die Füße. „Echt? Cool! Dann sag mir, wie."

„Es gibt keinen", erwiderte Octocat trocken.

„Na großartig." Enttäuscht ließ ich mich wieder zu Boden sinken. Dann fragte ich mich, ob ich das einfach so für bare Münze nehmen sollte. „Was macht dich so sicher, dass es keinen Ausweg gibt?"

„Magie", antwortete er nüchtern.

„Hast du nicht gesagt, dass du magische Dinge nicht sehen kannst?"

„Das kann ich auch nicht, aber ich glaube, ich kann sie jetzt ein bisschen spüren." Er winkelte demonstrativ eine Pfote an, als wolle er seine Muskeln spielen lassen. „Du nicht?"

„Nun ja ..." Ich schloss die Augen, konzentrierte mich auf meine Atmung und horchte in mich hinein. Hatte ich mich vorhin anders gefühlt, bevor wir in dieses höllische Versteck geraten waren? Ich versuchte es wirklich, kam aber letztendlich zu keinem Ergebnis. „Tja, also ... nein", gab ich zu und wunderte mich, ob sich mein Kater seine neu entdeckte Fähigkeit vielleicht doch nur einbildete.

Octocat brummte und zuckte mit dem Schwanz. „Immerhin wurden wir eben Zeuge, wie sich ein

Mensch in einen Hund und ein anderer in eine Katze verwandelt hat. Wir haben gesehen, wie dieser Ort aus dem Nichts aufgetaucht ist und sich dann im Handumdrehen von einem dreckigen Keller in einen protzigen Nachtclub verwandelt hat. Ich denke, wir können mit Sicherheit davon ausgehen, dass wir uns hier auf magischem Boden befinden."

Da hatte er natürlich recht.

„Aber was wollen die von uns?", murmelte ich und beobachtete Peter, wie er sich mit ein paar Leuten unterhielt, die ich noch nie zuvor gesehen hatte. Er schien seinen Spaß zu haben.

„Ich weiß es nicht." Octocat lief wieder auf und ab, als Peter innehielt und siegessicher zu mir herüberschaute.

Ich würde ihn nicht gewinnen lassen, das schwor ich mir, vor allem, weil ich noch nicht einmal genau wusste, worum es überhaupt ging. „Wie hat er das eigentlich über mich erfahren?"

„Das weiß ich auch nicht."

Ich schluckte schwer und fragte ihn dann, was mir am Allermeisten auf der Seele brannte. „Werden sie uns umbringen?"

Octocat blieb stehen und schaute mich über seine Schulter an. „Nun, sie haben mich schon einmal getötet, obwohl ich nicht glaube, dass das Absicht war.“

„Bist du vorhin wirklich gestorben?“

Er nickte grimmig. „Es war mein viertes Mal.“

„Und wie bist du die anderen drei Male gestorben?“ Das hatte ich mich schon immer gefragt. Wenn wir hier schon festsaßen, konnten wir uns wenigstens die Zeit damit vertreiben, mehr über das beziehungsweise die vorherigen Leben des anderen zu erfahren. Schließlich waren wir normalerweise meist so sehr mit irgendwelchen Kriminalfällen beschäftigt, dass wir selten Zeit hatten, in Erinnerungen zu schwelgen.

Octocat setzte sich mir gegenüber, und sein Gesicht sagte mir, dass mich eine gute Geschichte erwartete, die mich hoffentlich von unserer misslichen Lage ablenken würde. „Nun, das erste Mal war am Strand. Ich …“

Plötzlich sauste eine der Glasscheiben zur Seite, und die Story war zu Ende, bevor sie überhaupt richtig angefangen hatte. Hoffentlich würde er sie mir später erzählen.

Die feline Form von Moss schlüpfte durch die Öffnung, und im nächsten Moment schloss sich die Glaswand wieder hinter ihm.

„Was ist hier los?“ flehte ich ihn an und blieb dabei am Boden hocken, sodass ich mich auf Augenhöhe mit den beiden Katzen befand. „Sind Sie hier, um uns zu helfen?"

Moss setzte sich nahe der Glaswand hin und hielt den größtmöglichen Abstand zu uns. „Ich kann es nicht mit Sicherheit sagen, aber vielleicht."

„Vielleicht was? Vielleicht helfen Sie uns?" Ich kroch auf Händen und Knien zu ihm hinüber, und Gelächter erhob sich von außerhalb des Terrariums. Aber unser Publikum war mir egal. Mir ging es nur darum, Hilfe zu bekommen, und Moss schien noch am ehesten dazu bereit zu sein.

„Ja", antwortete er und schaute auf mich herab, als ich näher krabbelte. „Aber zuerst habe ich ein paar Fragen."

„Er will uns verhören", übersetzte Octocat, auch wenn mir das selbst klar war. Schließlich hatte ich auch schon den ein oder anderen Krimi gesehen.

Moss lächelte, und diese kleine Geste beruhigte mich irgendwie. Er war wirklich ein sehr gutausse-hender Kater – obwohl ich das vor Octocat natürlich niemals laut zugeben würde.

„Also, nun ja, der Rat regelt die Dinge ein wenig anders", erklärte er. Er lächelte immer noch, aber etwas in seinem Ausdruck hatte sich verändert.

„Wie anders?", fragte ich und hob eine Augen-braue. Langsam überkam mich wieder die Angst.

Was hatten sie mit uns vor? Und wie konnten wir sie dazu bringen, ihre Meinung zu ändern? Mir ging es jetzt nicht mehr um die Entschlüsselung meiner Fähigkeiten. Das war mir ziemlich egal. Mich interessierte in dieser Sekunde nur noch eines: Wie kamen wir hier wieder raus?

Moss lachte in sich hinein, und seine grünen Augen bohrten sich in meine.

Ich hielt die Luft an und wartete darauf, was er uns zu sagen hatte.

Schließlich hörte er auf zu lachen. „Also zunächst einmal, wir sind nicht die Guten."

Erneut schluckte ich hart, aber der Kloß in meinem Hals wurde nur noch größer.

Wir waren von einer gefährlichen Gang mit magischen Kräften gefangen genommen worden, deren Mitglieder ständig ihre Gestalt änderten und sich wenig um Regeln und Gesetze scherten.

Würde es überhaupt jemand merken, wenn wir hier unten krepierten?

Plötzlich war ich so dankbar, dass Octocats Tracker kaputtgegangen war. Wenigstens Grandma würde in Sicherheit sein.

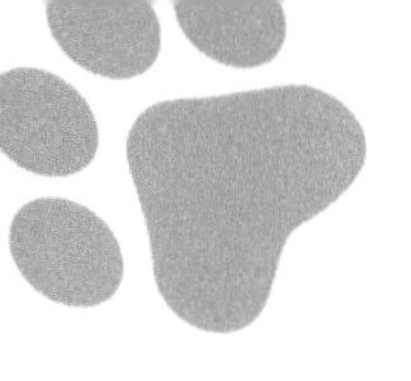

15

Moss drehte sich abrupt zu mir um. „Für wen arbeitest du?", fragte er nicht gerade freundlich.

Jubel erhob sich aus dem Clubraum. Ich blinzelte entsetzt, als ich bemerkte, wie sich fast ein Dutzend Menschen und Tiere vor der Glasscheibe zusammendrängten. Jeder schien den besten Platz ergattern zu wollen. *Na toll.* Octocat und ich waren unwillentlich zu den Stars einer abgedrehten Reality-Zaubershow geworden.

„Wir sagen euch gar nichts!", rief Octocat und spuckte demonstrativ auf den Boden, was ihm ein paar höfliche Lacher aus dem Publikum einbrachte.

„Also, eigentlich gibt es nichts zu sagen, da wir für niemanden arbeiten", erklärte ich und hoffte im

Stillen, dass mein Kater nicht der Verlockung eines großen Auftritts erliegen und mich die Dinge regeln lassen würde. „Es sei denn, Longfellow, Peters & Associates zählt“, fügte ich so ruhig ich konnte hinzu.

„Peters.“ Moss rieb sich mit einer Pfote das Kinn. „Interessant.“

„Nicht *dieser* Peters.“ Ich nickte in Richtung der Versammlung vor der Glasscheibe. Peter stand mir genau gegenüber auf der anderen Seite und beobachtete uns mit gierigen Augen. „Bethany Peters. Sie ist nett.“

„Die sind alle gleich, Schätzchen“, meinte Moss und lachte spöttisch. Kannte er Bethany? War sie vielleicht auch eine von ihnen? *Ach was.* Das war undenkbar.

Ich musste im falschen Film sein. Es fühlte sich an, als wären wir in irgendeinem völlig überzogenen, alten Schinken gelandet. Sogar Octocats Augen leuchteten, weil er sich mittlerweile als einer der Hauptdarsteller zu fühlen schien.

Ich für meinen Teil wollte einfach nur sicher nach Hause kommen und diese ganze Tortur hinter mir lassen. Wenn das bedeutete, dass ich niemals die Wahrheit über meine Tierflüstererfähigkeiten erfahren würde, okay, dann sollte es wohl so sein – dafür würde ich nicht mein Leben aufs Spiel setzen.

„Macht du wirklich gemeinsame Sache mit den Hunden?", fragte Octocat, dann spuckte er wieder auf den Boden. Dieses Mal lachte niemand, und das Funkeln wich aus seinem Blick.

„Würdest du bitte mit dem Spucken aufhören?", forderte ich ihn mit einem gequälten Seufzer auf. Jetzt hatte ich nicht nur Angst, sondern war gleichermaßen verärgert. Lieber wäre ich gefesselt oder mit einer Waffe bedroht worden, wie bei unseren vorherigen Kriminalfällen. Dann hätte ich wenigstens gewusst, womit ich es zu tun hatte. Hier waren alle verrückt, unberechenbar und mit ungeahnten Superkräften ausgestattet.

Ich schien die einzige halbwegs vernünftige, normale Person an diesem Ort zu sein, und das gefiel mir ganz und gar nicht.

„Du kannst mit ihm sprechen", konstatierte Moss. Er musterte mich aus zusammengekniffenen Augen und nickte dann in Richtung Octocat. Ich war genervt. Wenn Moss weiter auf den schon bekannten Fakten herumkauen wollte, würden wir nie vorwärtskommen.

„Ja, aber das wussten Sie doch schon", erwiderte

ich und fuhr mir frustriert mit den Händen durch die Haare. „Außerdem, warum ist das überhaupt wichtig? Offensichtlich kann jeder hier mit ihm sprechen."

„Wer hat dich geschickt?", fragte Moss erneut mürrisch.

Mit finsterer Miene konterte ich: „Das haben Sie mich auch schon gefragt, und ich habe schon erklärt, dass mich niemand geschickt hat. Das heißt, außer Peter."

„Du bist also eine Doppelagentin?"

Ein leises Raunen ging durch die Menge. Offenbar war dies eine sehr wichtige Frage. Zu dumm, dass ich nicht die geringste Ahnung hatte, was ich darauf antworten sollte.

„Was? Ich weiß wirklich nicht, wovon Sie reden."

„Verwandelt euch!", forderte Moss uns auf und ließ seinen Blick von mir zu Octocat und wieder zurück wandern.

„Ähm, das können wir nicht." Ich verdrehte die Augen, um ihm zu zeigen, wie lächerlich ich die ganze Sache fand.

Octocat spuckte wieder auf den Boden und rief: „Das geht nicht, du Schwachkopf."

Oh, Mann. Ich hatte so gehofft, er würde sich

zurückhalten, nachdem sein letzter Joke gar nicht gut aufgenommen wurde. Mir war klar, je mehr er sagte, desto länger würde es dauern. Zum Glück schien Moss mehr an mir als an meiner Katze interessiert zu sein.

„Verwandle dich!", befahl er erneut mit erhobener Pfote und voll ausgefahrenen Krallen.

Ich zuckte nicht einmal und erwiderte mit zusammengebissenen Zähnen: „Ich sagte doch, ich kann es nicht".

Moss schien diese Antwort nicht zu gefallen. Er stürzte sich auf mich und versenkte seine Krallen in meiner Wange.

Es tat höllisch weh, und zu allem Übel musste Peter auch noch lautstark seinen Senf dazugeben: „Na, wie gefällt dir das jetzt, wo der Spieß umgedreht ist?"

Blut tropfte auf meine Bluse, aber jetzt war ich so in Panik, dass ich den Schmerz schon gar nicht mehr richtig wahrnahm. „Sie können mich foltern, so viel Sie wollen, aber ich kann Ihnen keine andere Antwort geben", presste ich hervor.

„Niemand greift ungestraft meinen Menschen an. Du bist tot!", schrie Octocat und stürzte sich auf Moss.

„Stopp!", kreischte ich. Mein Kater hatte ja nun kurz zuvor schon eines seiner Leben verloren. Da sollte er sich nicht gleich in den nächsten Kampf stürzen. Das würde nicht gut enden, auch wenn ich es heldenhaft von ihm fand, mich verteidigen zu wollen.

„Hören Sie auf!", flehte ich Moss an, der im Begriff war, sich in Octocats Kehle zu verbeißen. „Ich werde Ihnen alles sagen, was ich weiß. Es ist nicht viel, aber ich werde es Ihnen sagen."

Octocat wich zurück, die Nackenhaare voll aufgerichtet, seinen Schwanz so aufgeplustert, dass er eher wie eine rassige Langhaarkatze und nicht wie eine normale Hauskatze aussah.

„Ausgezeichnet." Moss zog seine Krallen über den kalten Marmorboden, als wollte er mich daran erinnern, dass er seine Waffe immer noch im Anschlag hielt, sollten wir wieder aus der Reihe tanzen. „Also, wer von euch ist magisch?"

„Keiner von uns", antwortete ich, wobei ich mein Gesicht mit den Händen schützte. „Bis vor ein paar Tagen wusste ich nicht einmal, dass Magie existiert, und bis vor etwa sechs Monaten konnte ich auch nicht mit ihm reden."

Moss kam näher und stellte sich auf die Hinterbeine. Er drückte seine Vorderpfoten gegen meine Brust und schaute mir direkt in die Augen. „Was ist vor sechs Monaten passiert?"

„Da hat mir eine Kaffeemaschine einen ordentlichen Stromschlag verpasst", antwortete ich atemlos. Seine Kratzer an meiner Wange hatten angefangen zu pochen, und das machte mich ziemlich kirre.

„Und als sie aufwachte, konnten wir uns gegenseitig verstehen", brachte Octocat den Satz für mich zu Ende.

„Das ist ja wirklich höchst spannend", kommentierte Moss. Er näselte jetzt leicht, was mir zuvor überhaupt nicht aufgefallen war. Ich fragte mich, ob es ein Zeichen dafür war, dass ihn die ganze Sache auch total nervös machte?

Vielleicht hatten Octocat und ich doch noch eine Chance?

„Aber du kannst dich nicht verwandeln?", fragte er zum gefühlt einmillionsten Mal innerhalb weniger Minuten.

Ich schüttelte meinen Kopf so heftig, dass es wehtat. Wie konnte ich ihn – und die anderen, die immer noch sensationshungrig zusahen – dazu bringen, mir ein für alle Mal zu glauben? „*Nein!*", sagte ich so nachdrücklich wie möglich. „Und dieses Gedächtnisding beherrsche ich ebenfalls nicht."

„Das Gedächtnis … Oh." Moss prustete los, und der ganze Raum fiel in sein Gelächter mit ein. „Du bist also ein Normalo?", fragte er schließlich und wischte sich die Tränen weg, während er immer noch kaum an sich halten konnte. Octocat hatte ich noch nie Tränen lachen sehen, und ich fragte mich, ob er das nur konnte, weil er in Wahrheit ein Mensch war.

„Wenn damit ein ganz normaler Mensch gemeint ist, dann ja", bestätigte ich ihm mit versteinertem Blick.

Moss deutete mit dem Kopf auf Octocat. „Und er?"

Ich nickte wieder. „Er ist auch völlig durchschnittlich."

„Entschuldige mal", fauchte dieser und stampfte zu uns herüber. „Ich bin alles andere als …"

„Sei still!", fuhr ich ihn an. Sein aufgeblasenes Ego war hier gerade wirklich fehl am Platz.

Moss wandte sich zu meinem Kater um: „Was verheimlichst du uns?", fragte er ihn barsch und beobachtete mich dabei aus dem Augenwinkel.

„Nichts. Ich schwöre es."

Er studierte ihn einen Moment lang und lächelte dann spöttisch. „Ah, ich verstehe. Er ist einfach nur eine ganz gewöhnliche Katze mit einem ziemlich übersteigerten Selbstbild."

Ich hatte, ohne es zu merken, die Luft angehalten und atmete nun hörbar aus. „Ja. Genau."

„Also, irgendwie hast du wohl einen Schwung Magie abgekriegt", fuhr er fort.

Hatte er das als Frage gemeint? „Ja?"

„Und deshalb tauchst du auch in keinem unserer Ortungssysteme auf", fuhr er fort. „Du bist ein nicht-magisches Wesen mit einer einzigen magischen Fähigkeit."

Ich nickte zustimmend. Diese Erklärung klang für mich einleuchtend, denn eines wusste ich ganz bestimmt: Außer dass ich mit Octocat sprechen konnte, besaß ich keinerlei übernatürliche Kräfte.

Die ganze Gruppe jenseits der Scheibe atmete hörbar auf. Warum fanden die mich eigentlich alle so interessant, wo sie doch selbst viel außergewöhnlichere Dinge vollbringen konnten?

„Passiert so etwas oft?", erkundigte ich mich. Jetzt wollte ich doch unbedingt mehr wissen.

Moss schüttelte den Kopf. „Nein, ganz und gar nicht. Das hat vor sechs Monaten angefangen, sagtest du?"

Ich nickte. Endlich würde mir jemand ein paar Antworten geben – sie waren zum Greifen nahe. Peter hatte mir nicht helfen wollen, aber Moss würde Licht in dieses Dunkel bringen. Ich wusste es einfach.

„Das ist besorgniserregend", meinte er.

„Warum?"

„Wenn du ein echter magischer Mensch wärst, hättest du diese Fähigkeiten schon von Geburt an gehabt. Und wenn du von den Rückständen einer magischen Kraft getroffen wurdest, hätten diese innerhalb von vierundzwanzig Stunden wieder verschwinden müssen."

„Also, was bin ich denn dann?", fragte ich, während mir das Herz bis zum Hals klopfte.

„Das kommt darauf an", antwortete er nachdenklich.

„Worauf?" Am liebsten hätte ich ihn gebeten, mir mehr zu erzählen. Konnte er nicht sehen, wie verzweifelt ich das wissen wollte?

„Ob du kooperierst", informierte er mich mit ernster Miene.

Einen Moment lang sagte niemand etwas, bis Peter direkt vor der Glasscheibe erschien. „Du bist entweder ein Riesenproblem", sagte er mit finsterem Blick.

„Oder unsere größte Waffe", beendete Moss den Satz mit einer boshaften Freude in den Augen.

„Nein, nein, nein. Ich will keine Waffe sein!" Ich rutschte rückwärts über den Boden, bis ich mich an der Wand anlehnen konnte.

„Was ist mit mir?", fragte Octocat. „Bin ich auch eine Waffe?"

„Du?" Moss lachte und schüttelte den Kopf. „Du bist nichts weiter als eine gewöhnliche getigerte Hauskatze."

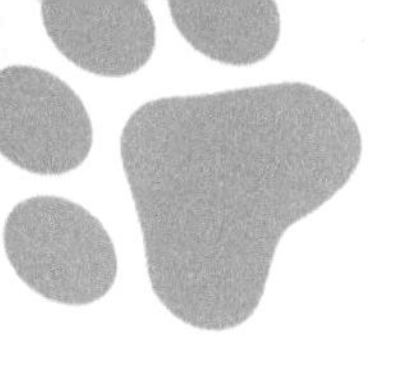

16

ctocat ging mehrere Schritte zurück, bis er gegen das Glas stieß. *„Nein,"* flüsterte er immer wieder. „Nein, das ist nicht möglich."

Die Menge brüllte vor Lachen, aber ich sah, dass mein Kater sich verletzt fühlte. Sehr verletzt.

„Hör nicht auf sie", beschwichtigte ich ihn und stand auf, um zu ihm zu gehen.

Er zuckte bei meiner Berührung zusammen und sprang dann außer Reichweite. „Lass mich", schniefte er, ohne mich anzusehen.

„Immer dieses Drama", höhnte die Hundeversion Peters und pirschte sich zu uns in das Terrarium. Er vollführte eine kreisende Bewegung mit einer Pfote, und das Glas wurde zu einer glänzenden, undurchsichtigen Wand, die sowohl die Blicke als auch die Geräusche von draußen komplett abschirmte.

„Wir sind jetzt unter uns", bemerkte er und setzte sich hin. Seine große Zunge hing an der Seite seines geöffneten Mauls herunter. Offensichtlich konnte er es das, was nun folgen sollte, kaum erwarten.

„Es wäre einfacher für mich, mit dir als Mensch zu reden", sagte ich und kniff die Augen fest zusammen, während ich mich abwandte. Ein Teil von mir wollte immer noch nicht glauben, dass diese Dinge hier wirklich passierten.

„Wie du willst", antwortete er eisig.

Als ich meine Augen erneut öffnete, hatten sowohl er als auch Moss wieder ihre menschliche Gestalt angenommen, während Octocat weiterhin abgewandt in seiner Ecke schmollte.

„Kooperierst du jetzt mit uns oder was?", fragte Moss, dessen grüne Augen jede meiner Bewegungen verfolgten.

„Oder bevorzugst du die harte Tour?", ergänzte Peter. Offenbar wollte er mich wieder kleinkriegen, aber dieses Mal würde ich nicht auf ihn reinfallen. Moss hatte bereits bestätigt, dass sie nicht zu den guten Jungs gehörten, also lag es auf der Hand, dass keiner von ihnen uns aus reiner Herzensgüte helfen würde. Sie wollten etwas, und ich hoffte nur, dass der Preis dafür nicht zu hoch sein würde.

Ich biss mir fest auf die Lippe, während ich beobachtete, wie sie mich beobachteten. Und dann konnte ich die quälende Stille nicht länger ertragen. Eine Million Fragen brannten mir auf der Zunge, und ich ließ die erste vom Stapel. „Also, was wollt ihr von mir? Und wenn ihr nicht die Guten seid, wer seid ihr dann? Werdet ihr uns gehen lassen?"

„Ts, ts". Peter rümpfte die Nase und verzog merkwürdig das Gesicht. „So viele Fragen, dabei haben wir doch nur eine einzige, simple Bitte."

„*Kooperiere mit ihnen*", murmelte Octocat von der anderen Seite des Raums. Er hatte die Stirn an die Wand gepresst, als sei das die einzige Möglichkeit, nicht zusammenzubrechen. So hatte ich ihn noch nie erlebt. Nicht einmal annähernd. In diesem Moment wusste ich, dass ich alles tun oder sagen musste, was nötig war, um uns hier rauszuholen, um ihm zu helfen.

„Okay", antwortete ich und sah dabei weiter meinen armen verzweifelten Kater an, um mich selbst davon zu überzeugen, dass es richtig war, mich auf die Seite meines Feindes zu schlagen. „Was wollt ihr?"

„Geld", gab Peter mit einem Grinsen zurück. „Eine Menge davon."

In meinem Kopf drehte sich alles. Waren sie nach all dem Hokuspokus wirklich nur hinter meiner Kohle her? „I-ich habe im Moment nicht viel, aber wenn das auch in monatlichen Zahlungen geht, könnte ich ..."

„Nicht von dir", ergänzte Moss. „Eher mit *deiner* Hilfe."

In diesem Augenblick begannen die Puzzleteile in meinem Gehirn, sich zusammenzufügen, und endlich kapierte ich, was hier ablief. „Die Einbrüche in der Innenstadt", murmelte ich. Es überraschte mich nicht, dass diese Bande dahintersteckte. Die Verbrecher. Ich war nur von mir selbst etwas enttäuscht, dass ich nicht schon vorher darauf gekommen war.

Peter leckte sich den Mund, obwohl er noch in seiner menschlichen Form vor mir stand. „Die ersten Läden waren einfach, aber das Juweliergeschäft hat eine Alarmanlage, die Magie erkennt."

„Deshalb seid ihr neulich nicht reingekommen." Mir wurde gerade einiges klar. Darum hatten wir auch diese Hunde bei unserer Observierungsaktion hin und her rennen sehen. Es passte alles zusammen, und Moss lieferte mir weitere Einzelheiten.

„Hey, zieh bitte keine falschen Schlüsse", meinte er mit großen Augen. „Das Ding war nicht sichtbar, deshalb haben wir es erst zu spät bemerkt."

Oh, ich hatte bereits meine Schlüsse gezogen, allerdings ganz andere. „Wie seid ihr in die übrigen Geschäfte gekommen?", wollte ich wissen. Der Nervenkitzel dieser Enthüllungen gab mir neuen Mut.

„Zauberei", antwortete Moss knapp, als ob dies alle Fragen beantworten würde. Mir fielen meine alten Märchenbücher wieder ein, die ich als Kind gerne gelesen hatte. Manchmal war da auch von Zauberei die Rede gewesen, aber das war zu einer Zeit, als ich noch nicht ahnte, dass es Magie wirklich gibt und dass sie mitunter auch gefährlich sein kann.

Aber jetzt, wo ich all das hautnah miterlebt hatte – wie sich der schmuddelige Keller in ein schickes Räuberquartier und Peter in einen Hund verwandelt hatte, wie er mehrfach mein Gedächtnis manipuliert hatte ...

Ich wollte noch mehr wissen, aber vor allen Dingen wollte ich, dass sie uns freiließen.

„Ich weiß nicht, wie ich euch da helfen könnte." Ich begann, heftig auf den Fingernägeln herumzukauen, was mich immer irgendwie beruhigte.

„Nun, das ist ganz einfach", eröffnete mir Moss. Dabei dehnte er die Arme, als würde er sich kampfbereit machen. „Wir haben den Code für den menschlichen Alarm, und da du ein Normalo bist, wirst du den magischen Alarm nicht auslösen."

„Aber da ist doch eine Überwachungskamera – das fällt doch auf", sagte ich mehr zu mir selbst.

Moss schüttelte den Kopf. „Nicht, wenn du deinen Kater reinschickst."

„Ich stehle nicht." Ich versuchte, sie davon abzubringen. Ihnen musste ja wohl klar sein, dass ich absolut nicht kriminell und auch keine von ihnen war, trotz der Tatsache, dass ich vielleicht einmal irgendwelche magischen Rückstände abbekommen hatte.

In diesem Moment stürzte sich Peter auf mich und fuhr mich an. „Willst du am Leben bleiben?"

Hätte Moss ihn nicht am Arm festgehalten und zurückgezogen, er hätte mich zweifellos angegriffen.

„Mach es einfach, Angela", murmelte Octocat gegen die Wand. „Für mich ist es zu spät, aber du kannst dich noch retten."

Oh. Das brach mir schon wieder das Herz. Er hatte recht. Ich durfte jetzt keine Zeit mehr verlieren. Es galt, uns beide zu retten!

„Wann?", fragte ich und fuhr mir mit der Zunge über die Lippen.

Ein breites Lächeln glitt über Moss' sommersprossiges Gesicht. „Heute Abend."

„Und dann lasst ihr uns gehen?", wollte ich wissen und beobachtete ihn genau, um sicherzugehen, dass er mich nicht anlog.

„Ja, davon abgesehen können wir dich hier nicht gebrauchen", erwiderte Moss und nickte rasch zur Bestätigung.

„Aber sollten wir irgendwann noch einmal auf einen magischen Alarm stoßen, werden wir vielleicht wieder auf dich zurückgreifen", fügte Peter hinzu.

Ich verschränkte die Arme vor der Brust. Nicht mit mir. „Du glaubst doch nicht ernsthaft, dass ich von nun an nach deiner Pfeife tanze."

„Willst du etwa, dass jeder dein verrücktes kleines Geheimnis erfährt?", konterte Peter und knackte mit den Fingerknöcheln, um mich an seine starken Fäuste zu erinnern.

Ich biss mir auf die Lippe und schluckte meinen Protest hinunter. Ob seine Muskelspiele nur leere Drohungen waren? Natürlich hatte ich meine besondere Fähigkeit geheim halten wollen, aber vielleicht war es auch das kleinere Übel, wenn alle davon wüssten.

„Gut", sagte ich mit zusammengebissenen Zähnen und deutete auf Octocat. „Ich mache es, aber zuerst brauchen er und ich etwas Zeit allein."

„Damit ihr eure Flucht planen könnt? Kommt nicht infrage!" Peter verwandelte sich zurück in den Hund und fletschte die Zähne.

Moss legte seine Hand auf den Kopf des Pitbulls. „Geh du mal. Ich bleibe hier und passe auf."

Peter knurrte weiter, und Moss gab ihm einen Klaps hinter die Ohren. „Sie sind zwar Normalos, aber immer noch Katzenmenschen. Es ist das Beste, wenn ich das in die Hand nehme. Jetzt geh."

Dieser winselte und schlich mit eingeklemmtem Schwanz davon. Ein komischer Anblick, aber lachen konnte ich nicht, weil da dieser fette Angstkloß in meinem Hals steckte.

„Ich verstehe das nicht", wandte ich mich an Moss, nachdem sich die undurchsichtige Glasscheibe wieder geschlossen hatte. „Wenn ihr euch so sehr hasst, warum arbeitet ihr dann zusammen?"

Er seufzte, als ob ihm das genauso wenig gefiele wie mir. „Es ist Teil des Waffenstillstands, den der Rat vor vielen Jahren erlassen hat."

„Wer ist dieser Rat, von dem Sie immer reden?"

„Die Instanz, die die magische Welt regiert", antwortete er. Meine ganzen Fragen störten ihn anscheinend nicht mehr, jetzt, wo ich zugestimmt hatte, bei dem Einbruch zu helfen und Peter nicht mehr im Raum war.

„Sind das dann die Guten?", fragte ich hoffnungsvoll.

Moss nickte. „Jein. Es sind Gute und Böse. In unserer Welt arbeiten sie zusammen."

Das kapierte ich nicht. „Aber das macht doch keinen Sinn", erwiderte ich kopfschüttelnd.

„Vielleicht nicht für dich, aber wenn die magische Welt überleben soll, brauchen wir ein perfektes Gleichgewicht bei allem, was wir tun. Zwischen dem Guten und dem Bösen. Zwischen Licht und Schatten. Fakten und Fiktion."

„Zwischen Katzen und Hunden?", fragte ich mit einem müden Lächeln.

„Genauso ist es", bestätigte er und betonte seine Worte pathetisch.

Ich dachte darüber nach, und es erschien mir tatsächlich irgendwie einleuchtend, auch wenn Moss' und Peters Welt offensichtlich ganz anders funktionierte als die mir bekannte. „Könnten Sie mir vielleicht einen Moment Zeit geben, damit ich mit meinem Kater sprechen kann?"

Wir beobachteten beide, wie Octocat seine Stirn weiterhin gegen die Holzwand drückte.

„Er braucht mich", erklärte ich. Ich hatte meinen deprimierten Katzenkumpel die ganze Zeit im Auge behalten. „Und er braucht auch ein paar aufmunternde Worte, wenn er eine Rolle bei eurem Plan spielen soll."

Moss stellte sich in die andere Ecke des Raums, schaute weg und murmelte über die Schulter: „Ja gut, mach schon."

Ich ging zu Octocat hinüber und setzte mich neben ihn. „Harter Tag, hm?"

Er stieß ein sarkastisches Lachen aus, dann verstummte er schnell wieder.

„Sie kennen dich nicht, Octavius. Aber ich kenne dich." Ich flehte ihn an, sich von denen nicht beeinflussen und vor allem nicht unterkriegen zu lassen. Er hatte schon so viel durchgestanden und geschafft – da sollte ihn das hier ja wohl nicht total fertigmachen.

„Sie sagten, ich sei gewöhnlich", würgte er hervor.

„Sie irren sich", versicherte ich ihm mit fester Stimme und strich mit meiner Hand über sein Fell.

„Sie können so erstaunliche Dinge tun, Dinge, von denen ich nie zu träumen gewagt hätte", erklärte er, schaute mir dabei aber immer noch nicht in die Augen.

„Aber du kannst doch selbst auch ziemlich

erstaunliche Dinge vollbringen. Und das ganz ohne Hilfe von Zauberei."

Endlich drehte er sich zu mir um, wobei er sich nun mit der Wange an die Wand lehnte. „Willst du damit sagen, dass die Magie von denen eigentlich Schummelei ist?"

„Ja", bestätigte ich ihm mit einem breiten Lächeln. Das war Octocat-Logik, und ich liebte es, wenn ich ihn auf diese Weise von etwas überzeugen konnte. Das klappte immer ziemlich gut, wenn es diesen speziellen Nerv bei ihm traf. Ich nickte zustimmend. *„Auf jeden Fall."*

Er schniefte und warf einen warnenden Blick in Richtung Moss. „Wenn sie schummeln, dann müssen sie disqualifiziert werden."

„Du hast recht", sagte ich. Ich war mir nicht sicher, welches Spiel er meinte. Vermutlich ging es darum, wer die beste Katze im Raum war oder etwas in der Art. „Sie sollten auf jeden Fall disqualifiziert werden."

Endlich huschte ein kleines Lächeln über sein Gesicht. „Und wenn sie disqualifiziert werden, dann bin ich der rechtmäßige Gewinner."

„Die beste Katze der ganzen Welt!", sagte ich ohne zu zögern.

Er hob den Kopf und drückte sich von der Wand weg. „Okay, Angela. Ich bin dabei.“

Wir sahen uns in die Augen und lächelten uns an – Partner, Freunde und jetzt auch noch Komplizen, wie es schien. „Wir schaffen das“, sagten wir unisono.

17

Wir wurden noch ein paar Stunden im Terrarium festgehalten, während alle auf die kriminelle Rushhour zu warten schienen. Sicher war Grandma zu diesem Zeitpunkt schon verrückt vor Sorge. Ich konnte nur hoffen, dass wir bald wieder bei ihr sein würden.

Zuerst mussten wir allerdings einen klitzekleinen Einbruch begehen. Als Octocat sich wieder berappelt hatte und bereit für die Besprechung des Vorgehens war, erklärte uns Peter, was er von uns erwartete, jeden verdammten Schritt.

Offensichtlich war dieser Plan schon über längere Zeit sorgfältig ausgetüftelt worden, und ich fragte mich, ob Peter uns wohl entführt hätte, wenn wir ihm nicht von allein in die Stadt gefolgt wären.

Auf jeden Fall würde es heikel werden.

Ich sollte mir mit dem Schlüssel, den sie Anfang der Woche gestohlen und dupliziert hatten, Zugang durch die Hintertür verschaffen. Als Nächstes würde ich den Alarm mit dem Code, den sie mir gaben, deaktivieren und dann Octocat die Tür öffnen. Er sollte daraufhin hereinschlüpfen und anfangen, den ganzen Schmuck aus den Fächern und Schatullen auf den Boden zu werfen.

Der Plan sah auch vor, dass ich bei der Aktion einen bizarren, hautengen, grünen Anzug tragen sollte, der selbst mein Gesicht bedeckte. Auf Octocats Zeichen hin würde ich hineinflitzen und, während mein Kater Schmiere stand, unsere Beute in einer riesigen Tasche verstauen, die mir die netten Kollegen im Versteck freundlicherweise zur Verfügung gestellt hatten.

Sobald ich aus dem Laden raus war, würde einer von ihnen eine magische Formel anwenden, um mich unsichtbar zu machen – anscheinend ging das einfacher, wenn ich dieses grüne Ganzkörperkondom trug –, und wir würden alle zum Versteck zurücklaufen. Wenn Moss und Peter befanden, dass wir den Job zu ihrer Zufriedenheit erledigt hatten, würden sie unsere Erinnerungen löschen und uns in unser normales Leben entlassen.

Vorausgesetzt natürlich, dass alles perfekt lief.

Peter würde mich dann angeblich auch in Zukunft nicht mehr austricksen, um mich für seine düsteren Machenschaften heranzuziehen. Aber, nun ja, was das betraf, traute ich ihm nicht über den Weg.

Was für ein unglaublich beschissener Abend.

Mr. Gable, der alte Herr, dem das Juweliergeschäft gehörte, hatte mich immer sehr freundlich gegrüßt, wenn ich ihm auf der Straße begegnet war. Und meine Eltern hatten bei ihm sogar das herzförmige Medaillon gekauft, das ich als Geschenk zu meinem achtzehnten Geburtstag bekam. Er hatte sich wohl sehr bemüht, ein passendes Stück für mich zu finden. Und egal, ob er nun eine gute Diebstahlversicherung besaß oder nicht, er verdiente es ganz gewiss nicht, ausgeraubt zu werden.

Niemand verdiente so etwas.

Allerdings gehörte Mr. Gable ja offensichtlich auch zur magischen Fraktion, sonst hätte er doch niemals ein Alarmsystem installiert, das Magie erkennt. Das brachte mich zu der Frage, ob er sich etwa auch in ein Tier verwandeln konnte. Oder Gedanken manipulieren und Dinge verschwinden lassen.

Das Geschäft gab es schon seit Urzeiten – auf jeden Fall, solange ich denken konnte – und die

Vorstellung, dass die Magie unbemerkt immer so nah gewesen war, machte mich ganz kribbelig. Gehörte er nun zu den Guten oder zu den Bösen? Und spielte es überhaupt eine Rolle, welcher Seite er angehörte, wenn diese sowieso immer zusammenarbeiteten?

Ich fühlte mich so verloren in dieser fremden, neuen Welt.

Eigentlich wollte ich nur so schnell wie möglich zurück in mein normales Leben.

Als Moss wiederkam, um uns aus dem Terrarium zu befreien, war ich bereit, alles zu tun, was sie sagten, wenn sie uns dann so schnell wie möglich gehen lassen würden. Octocat war jetzt besser drauf und schien die Mission, die sie uns auferlegt hatten, gespannt zu erwarten.

Er witzelte sogar herum, als Moss und Peter uns in Richtung Juweliergeschäft begleiteten.

Ich wäre am liebsten weggerannt, wusste aber, dass es keinen Zweck hätte. Sie waren uns einfach überlegen, und es gab keine andere Möglichkeit, sicher aus dieser Situation herauskommen, als genau das zu tun, was sie verlangten.

„Bist du bereit?", fragte Moss. Er hielt mich am Arm fest und verstärkte seinen Griff, während wir um die Ecke spähten. „Hast du den Plan verstanden?"

Peter hatte mich genauso fest an meinen anderen Arm gepackt. Ich würde auf jeden Fall morgen blaue Flecken haben, falls ich die Nacht überhaupt überstehen sollte. „Wenn du irgendwelche komischen Sachen versuchst, merken wir das. Und ich verspreche dir, dass ich dir danach persönlich das Leben zur Hölle machen werde."

Ich nickte resigniert. „Verstanden." Zweifellos meinte er das auch so. Er hatte es vom ersten Moment an auf mich abgesehen, seit jenem sonderbaren Morgen in der Kanzlei. Wahrscheinlich auch schon vorher.

„Die Katze bleibt bei uns, bis du den Normalo-Alarm deaktiviert hast", erinnerte mich Moss. „Klaro?"

Ich hätte jetzt wirklich eine kleine Aufmunterung von Octocat gebrauchen können, aber der war zu sehr damit beschäftigt, sich hin und her zu winden, denn Moss hatte ihn sich fest unter den Arm geklemmt.

„Ja, geht klar", antwortete ich mit einem wütenden Blick.

Schließlich ließen die beiden mich los und schubsten mich die Gasse hinunter.

Der kleine Metallschlüssel brannte in meiner Hand, als wolle er mich daran erinnern, wie unrecht das Ganze war. Diese Typen hatten mir, meiner Katze und auch anderen wehgetan. Und sie würden nicht aufhören. Sie würden wahrscheinlich nie damit aufhören.

War es richtig, diese gierigen Gangster zu unterstützen, um selbst freizukommen?

Und was, wenn sie uns trotzdem nicht laufen ließen, auch wenn wir ihren Anweisungen Folge leisteten?

Alles war möglich, und Garantien gibt es im Leben ja eh nicht, besonders nicht, wenn man sich mit gemeinen Verbrechern abgeben muss. Trotzdem blieb mir nichts anderes übrig, wenn ich heil nach Hause kommen wollte. Schließlich ging es hier nicht nur um mich, sondern auch Octocat, und er würde es definitiv nicht verkraften, den Rest seiner Tage gesagt zu bekommen, er sei nichts Besonderes.

Da war die Tür. Dieser Alptraum passierte wirklich, und zwar jetzt. Der Schlüssel glitt problemlos ins Schloss, und ich atmete tief ein, als ich hineinging. Drinnen piepste der Warnton der Alarmanlage. Mir blieben zehn Sekunden Zeit, um den richtigen Zahlencode einzugeben, so hatte Peter es mir eingeschärft.

Ich schloss die Augen und sah den Code vor mir. Dann fuhr ich mit den Fingern am Tastaturfeld entlang, fand die erste Ziffer und drückte sie nach unten.

Mit einem weiteren tiefen Atemzug gab ich die zweite Zahl ein, dann öffnete ich die Augen wieder. Ich konnte das tun. Ich hatte es getan. Etwas Böses zu tun, machte mich nicht zu einem schlechten Menschen, nicht, wenn ich dazu erpresst worden war.

Die Hälfte meiner ersten Aufgabe hatte ich geschafft. Nur noch zwei Tasten und nur noch ein paar Sekunden.

Als ich die dritte Ziffer eingab, stand mir bereits der Schweiß auf der Stirn. Meine Atmung verlangsamte sich, da ich so verkrampft war, dass ich kaum noch Luft bekam. Mir war schwindelig und alles verschwamm vor meinen Augen, inklusive der Tasten vor mir.

Nur noch eine, dann hätte ich es geschafft. *Diesen Teil* zumindest.

Ich hob meinen Zeigefinger und versuchte, das Zittern zu ignorieren, während ich ihn auf die Tastatur zubewegte.

Ich schloss die Augen und drückte die Taste fest nach unten ...

Die Paniktaste.

Eine ohrenbetäubende Sirene ging direkt über

mir los, aber ich blieb wie angewurzelt stehen. *Sollen sie mich doch hier finden.*

Eine Stimme ertönte über die Lautsprecher, doch ich selbst brachte keinen Ton heraus. Ich hoffte nur inständig, dass Octocat jetzt nicht für meinen „Ungehorsam" büßen musste, dass er noch genug Kraft und Willen hatte, sich zu wehren.

Es dauerte nur wenige Minuten, bis ein kampfbereiter Officer Bouchard am Tatort eintraf. Als er mich mit hocherhobenen Händen warten sah, trat er überrascht einen Schritt zurück. „Angie. Was machen Sie denn hier? Haben Sie gesehen, wer eingebrochen ist?"

Ich nickte stoisch. „Ja, ich."

„Sie?" Er hielt inne, um sich am Kopf zu kratzen, und runzelte die Stirn. „Das ist doch nicht möglich."

„Ich bin absichtlich mit diesem Schlüssel hier eingedrungen." Ich warf das illegal angefertigte Teil in seine Richtung.

Er zog ihn mit dem Fuß näher heran, bückte sich aber nicht, um ihn aufzuheben. „Warum haben Sie dann den Panikalarm ausgelöst?"

„Ich hatte keine andere Wahl", schluchzte ich. „Sie haben mich und meine Katze bedroht."

„Ich dachte mir schon so was in der Art", meinte der Officer, wobei sein Gesichtsausdruck nun wirklich sehr besorgt wirkte. „Nehmen Sie die Hände runter. Ich werde Sie nicht verhaften."

Ich holte tief Luft und ließ die Hände sinken. Tränen rannen mir über die Wangen, aber das war mir jetzt wirklich egal, denn im Moment hatte ich nur eine Sorge: Octocat! Hatte ich gerade sein Todesurteil unterschrieben, weil ich aus dem hinterhältigen Plan der magischen Bande ausgestiegen war?

„Wer hat Sie dazu gezwungen, Angie?", fragte der Beamte freundlich.

Ich holte tief Luft. Das war's. Peter hatte prophezeit, mir das Leben zur Hölle zu machen, wenn ich nicht kooperierte. Doch ich war mir sicher, ich hätte es mir nie verzeihen können, etwas so Falsches getan zu haben, selbst wenn ich mitgespielt und er meine Erinnerungen gelöscht hätte. Im Herzen hätte ich trotzdem genau gespürt, dass etwas nicht richtig gewesen war.

Jetzt galt es, dafür zu sorgen, dass diese Kerle für ihre Verbrechen zur Verantwortung gezogen würden. Selbst wenn Officer Bouchard das ganze Ausmaß ihrer Einbrüche noch gar nicht kannte, hoffte ich, dass meine Aussage ausreichen würde, um sie zu verhaften – und zu bestrafen.

„Peter Peters und Moss – seinen Nachnamen kenne ich nicht", teilte ich ihm entschlossen mit.

„Es ist okay, Angie", sagte er und legte tröstend die Hand auf meine Schulter. „Sie sind jetzt in Sicherheit."

Ja vielleicht, aber ich hatte immer noch keine Ahnung, was mit meiner armen Katze passiert war.

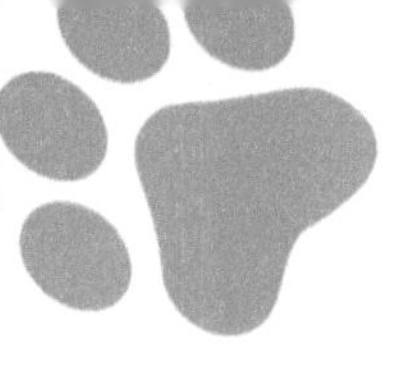

18

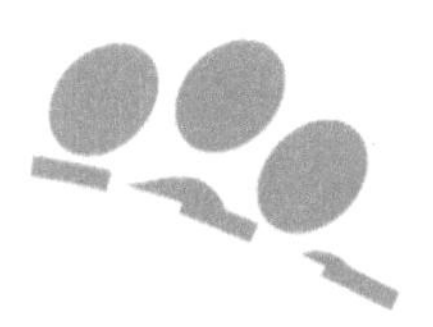

O fficer Bouchard fuhr mich in seinem Streifenwagen nach Hause, denn die Bande hatte mir sowohl mein Telefon als auch meine Autoschlüssel abgenommen. Als wir eintrafen, kam Grandma die Verandastufen hinuntergerannt und zog mich an sich.

„Ich habe mir solche Sorgen gemacht", schluchzte sie in mein Haar. Dann trat sie einen Schritt zurück und gab mir einen leichten Schubs. „Tu mir das *nie, nie* wieder an!"

„Vielen Dank, Officer", wandte ich mich an den Polizeibeamten und rang mir ein kleines Lächeln ab, obwohl ich innerlich fast umkam vor Sorge um meinen Kater. Und die wurde von Minute zu Minute schlimmer. Wo steckte er jetzt bloß? Fast eine Stunde war vergangen, seitdem Officer Bouchard mich mit erhobenen Händen in Mr. Gables Laden vorgefunden hatte. Nachdem ich ihm Peters Namen genannt hatte, ließ er mich gehen, und ich begann, im näheren Umkreis nach Octocat zu suchen, während er aufgrund meiner Hinweise erste Ermittlungen einleitete.

Leider war meine geliebte Fellnase trotz intensiver, verzweifelter Suche nirgends zu finden.

„Wo ist Octavius?", wollte Grandma wissen und führte mich hinein, einen Arm um meine Schultern gelegt.

„I-i-ich weiß nicht."

„Ach herrje." Sie presste die Lippen zusammen. „Jetzt trinken wir erst mal einen Tee, dann kannst du mir berichten, was passiert ist."

Ich wartete auf dem viktorianischen Sofa, während sie in der Küche rumorte. Kurze Zeit später brachte sie mir eine Tasse Hibiskustee.

„Zur Stärkung", meinte sie und ließ sich neben mir auf dem harten Polster nieder. „Und jetzt erzähl mal, Liebes."

Bei Officer Bouchard war ich nicht zu sehr ins Detail gegangen mit meinen Ausführungen, aber

Großmutter sollte die Geschichte in allen Einzelheiten erfahren. Als ich zu dem Punkt kam, an dem ich mich entschied, die Polizei zu rufen, anstatt mich an die Anweisungen von Peter und Moss zu halten, hatte sie ein breites Grinsen im Gesicht.

„Ich bin so stolz auf dich, mein Schatz. Du hast alles richtiggemacht." Sie zog mich an sich und drückte mir einen Kuss auf die Stirn.

„Aber Octocat ...", murmelte ich traurig und fühlte mich wie die schlechteste Katzenmama unter der Sonne.

Grandma wartete, bis ich zu ihr aufsah, und sagte dann: „Wir beide wissen doch, dass er keine gewöhnliche Katze ist. Er ist wahnsinnig clever und kann auch knallhart sein, vergiss das nicht."

Ich schniefte, während der Mensch, den ich am meisten auf dieser Welt liebte, meine Tränen trocknete. Großmutter würde nicht einmal im Traum daran denken, mir etwas vorzutäuschen. Wenn sie sagte, dass Octocat es schaffen würde, dann konnte ich darauf vertrauen. Er würde irgendwie einen Weg finden, um wieder nach Hause zu kommen. Wir würden ihn finden oder er uns. Etwas anderes kam einfach nicht infrage.

Es kostete mich viel Überwindung, und nur weil

Grandma lange auf mich einredete, ging ich schließlich ins Bett. Im Laufe der Nacht kam sie mehrmals in mein Zimmer oben im Turm unterm Dach, um nach mir zu sehen, was sie jedoch nicht zugeben wollte. Sie erfand eine absurde Ausrede nach der anderen, warum sie vorbeigekommen war. Aber es gab mir ein verdammt gutes Gefühl zu wissen, dass sie da war und immer für mich da sein würde.

Auch wenn Octocat nicht da war.

In dieser Nacht tat ich kaum ein Auge zu. Beim leisesten Geräusch dachte ich, mein vierbeiniger Freund sei vielleicht zurückkommen. Als die Sonne aufging, war ich mit den Nerven am Ende.

Später am Morgen kam Großmutter mit einer Tasse Kaffee und einem frisch gebackenen Küchlein in mein Zimmer, setzte sich neben mich und streichelte mir übers Haar, während sie sprach. „Ich habe dich bei der Arbeit bereits krankgemeldet, und ich dachte mir, wir suchen gleich weiter nach ihm. Aber da du so müde bist, werde ich fahren."

„Danke, Grandma." Ich gähnte tief und versuchte aufzustehen, fiel aber vor Erschöpfung zurück in die Kissen. Mein ganzer Körper fühlte sich unfassbar schwer an.

„Setz dich ein bisschen auf." Sie zupfte meine

Decke zurecht, damit ich nicht fror. „Iss dein Frühstück, und in der Zeit fange ich an, bei allen Tierheimen hier in der Gegend anzurufen." Sie ging zurück zur Treppe.

„*Bitte bleib noch!*", rief ich ihr flehend hinterher. „Ich glaube, ich kann jetzt nicht allein sein."

„Also gut." Sie nickte, ließ sich am Ende meines Bettes nieder und holte ihr Mobiltelefon heraus. „Wir werden ihn finden", versprach sie erneut, während sie das erste Tierheim auf ihrer Liste anrief und darauf wartete, dass jemand dranging.

Sie telefonierte ein Tierheim nach dem anderem ab, aber nirgendwo war unser Kater abgegeben worden. Wenn er auftauchen sollte, würden sie sich sofort melden, sagte man uns. Mit jedem erfolglosen Anruf wurde ich verzweifelter. Es tat so weh. Ich musste unbedingt wissen, dass es ihm gut ging, dass meine überstürzte Entscheidung ihn nicht seine restlichen Leben gekostet hatte.

Als Grandma mit allen Adressen durch war, drückte sie mir ihr Telefon in die Hand und sagte: „Hier, nimm meines, bis du dir ein neues besorgt hast. Du brauchst es dringender als ich."

Ich nickte, stürzte den Kaffee hinunter und versuchte erneut aufzustehen. Diesmal sackte ich nicht wieder zusammen. Immerhin.

„Lass uns losfahren", sagte ich zu ihr und griff nach dem Geländer, um sicher die Treppe hinunterzukommen. „Ich kann nicht länger warten."

In diesem Moment klingelte das Telefon.

Leider war ich so aufgeregt, dass ich es vor Schreck die Treppe hinunterfallen ließ.

Großmutter rannte hinterher und schaffte es gerade noch dranzugehen, sonst hätte der Anrufer sicher wieder aufgelegt. Sie sah mich mit großen, aufmunternden Augen an, während sie sprach.

Ich stand am oberen Ende der Treppe und wartete, wobei ich versuchte, mir nicht zu große Hoffnungen zu machen.

Dann strahlte sie über beide Ohren, als sie sagte: „Ja, das klingt nach unserem Kater. Wir werden mit der ersten Fähre dort sein."

Sie legte auf und hielt mir das Telefon hin. Ich stürmte die Treppe hinunter und stolperte, konnte mich aber gerade noch abfangen. „Hat ihn jemand gefunden?"

Grandma nickte freudig. „Eine kleine Tierarztpraxis, ausgerechnet auf Caraway Island."

Caraway Island? Wie sollte er denn bloß da hingekommen sein? Eine solch lange Strecke konnte er unmöglich geschwommen sein, und die öffentliche Fähre fuhr nur tagsüber.

„Jemand hat ihn definitiv absichtlich da rübergebracht", sagte ich mit zusammengebissenen Zähnen. „Und ich bin mir ziemlich sicher, ich weiß, wer das war."

„Ach du liebe Zeit." Grandma grummelte ein wenig vor sich hin, dann meinte sie: „Wie willst du vorgehen? Ich würde sagen, lass uns zuerst unseren kleinen Freund nach Hause bringen, und dann sorgen wir dafür, dass diese Ganoven ihr Fett wegkriegen."

Wir mussten eine gute Stunde auf die nächste Fähre warten, aber zumindest dauerte die Überfahrt zur einzigen Insel der Blueberry Bay nicht lange. Die Tierarztpraxis war auch nicht schwer zu finden.

„Wir haben seinen Mikrochip gescannt und sofort angerufen", erklärte eine der Helferinnen dort. Gott sei Dank hatte ich die entsprechenden Informationen aktualisiert und sowohl meine als auch Großmutters Telefonnummer in das Register eingetragen, nachdem ich Octocat offiziell adoptiert hatte. Sonst hätte die Nummer seiner verstorbenen Vorbesitzerin wohl ins Nichts geführt. Ich fragte mich auch, ob mein Handy noch aktiv war und ob diese Dreckskerle es noch bei sich trugen.

„Wo ist er?", fragte ich und blickte mich besorgt in

der kleinen Praxis um. „Geht es ihm gut? Ich kann es kaum erwarten, ihn zu sehen!"

Grandma und ich hielten uns an den Händen, während die Tierarzthelferin nach hinten ging und kurz darauf mit einem zappelnden Kater im Arm wieder hereinkam. „Der junge Mann hier hat seinen eigenen Kopf", meinte sie lachend.

„Octocat!" Ich heulte vor Freude und Erleichterung, und es war mir in dem Moment noch nicht mal peinlich. „Ich habe dich so sehr vermisst!"

Er ließ sich von mir hochnehmen und schnurrte sogar, als ich ihn an meine Brust drückte.

„Du hast uns wirklich Sorgen gemacht, alter Junge." Grandma kraulte ihn unterm Kinn.

„*Miau*", antwortete er ihr mit einem liebevollen Blick. Er und Grandma hatten schon immer einen ganz besonderen Draht zueinander.

Wir bedankten uns bei der Mitarbeiterin der Tierarztpraxis und gingen zurück zum Parkplatz. Ich konnte es kaum erwarten, die ganze Geschichte von Octocat zu erfahren. Sobald wir wieder in Großmutters kleines, rotes Sportcoupé eingestiegen waren, setzte ich ihn auf meinen Schoß und sagte: „Schieß los, erzähl uns alles!"

Er antwortete nicht. Stattdessen wirkte er angespannt und reckte vorsichtig seinen Kopf hoch, um durch die Frontscheibe zu schauen.

„Octocat." Ich lachte nervös. „Hör auf, so komisch zu sein. Wir haben uns solche Sorgen um dich gemacht. Es tut mir leid, was alles passiert ist, aber ich bin so froh, dass es dir gut geht."

Erneut kam von ihm nur ein mürrisches „Miau".

„Hey, ich weiß, dass du wahrscheinlich gerade voll sauer auf mich bist, aber bitte, kannst du uns wenigstens erzählen, was gestern Abend nach dem Einbruch in den Juwelierladen passiert ist. Komm schon, bitte. Auch Grandma zuliebe." Ich wartete atemlos. Von mir aus sollte er sich ruhig mit seinen übelsten Schimpfwörtern Luft machen und mich verfluchen. Schließlich war das alles meine Schuld. Ich hatte eine ordentliche Standpauke verdient.

Octocat neigte den Kopf zur Seite und miaute erneut.

In diesem Moment wurde mir klar, dass so ziemlich das Schlimmste überhaupt geschehen war.

Meine Katze konnte mich nicht mehr verstehen.

Der magische Rückstand, den Moss vermutet hatte, musste sich verflüchtigt haben. Somit hatte ich nicht nur meine besondere, einzigartige Fähigkeit verloren, sondern auch den besten Freund, den ich je gehabt hatte. Ein wesentlicher Teil von mir war gestorben. Nur ein Wunder könnte jetzt noch helfen, um dies rückgängig zu machen.

Sicher gab es einen Weg.

Es musste einen Weg geben.

Wir würden das in Ordnung bringen, Octocat und ich. Wir würden alles in Ordnung bringen.

Scheitern war einfach keine Option.

19

Als wir von unserem Trip nach Caraway Island nach Hause kamen, stand ein mir wohlvertrauter Lexus in unserer Einfahrt. Da ich diesen Wagen nahezu jeden Tag auf dem Firmenparkplatz stehen sah, hatte ich keinen Zweifel daran, dass er meiner Chefin Bethany gehörte.

Anfänglich hatte es so einige Probleme zwischen uns gegeben, doch dann entspannte sich unser Verhältnis zusehends– bis sie Peter einstellte und sich weigerte, sich meine Bedenken anzuhören.

Sie wartete in einem der Schaukelstühle auf der Veranda, die Großmutter zu Beginn des Sommers dort aufgestellt hatte. Als wir anhielten, erhob sie sich, kam aber nicht auf uns zu.

„Nimm ihn bitte mit rein", bat ich Grandma und

reichte ihr Octocat, den ich auf dem Arm trug. Ich wollte nicht, dass er jetzt allein war. Auch wenn er äußerlich unversehrt schien, hatte er seine Stimme und wir unsere besondere Verbindung verloren. Dieser Verlust traf mich schmerzhafter, als ich es mir je hätte vorstellen können. Ich fragte mich, ob ihm das auch so ging.

„Komm mit deiner Granny, mein Süßer", gurrte sie und verschwand mit ihm im Haus. Sie konnte zwar nachempfinden, dass es für ihn und mich eine Katastrophe bedeutete, doch für sie hatte sich im Grunde nichts geändert, da sie ohnehin nie direkt mit ihm sprechen konnte. Ich wusste, dass er sich jetzt bei ihr wohlfühlen würde, denn er hatte sie schon immer sehr gemocht.

Aber würden wir überhaupt noch so gute Freunde sein können, ohne unsere Fähigkeit, miteinander zu kommunizieren? Ich konnte mir das noch gar nicht vorstellen. Wir mussten einen Weg finden, alles wieder in Ordnung zu bringen. Ich musste einfach daran glauben, an uns glauben.

„Was willst du?", fragte ich Bethany finster. Für Freundlichkeiten war ich zu erschöpft und zu fertig mit der Welt. Außerdem machte es mich immer noch ziemlich sauer, dass ausgerechnet sie mir Peter eingebrockt hatte.

„Ich nehme an, du hast von meinem Cousin gehört", sagte sie und setzte sich wieder hin. Dabei schlug sie die Beine übereinander wie eine sehr feine Dame.

Ich nahm in dem anderen Schaukelstuhl Platz, vor allem, weil ich mich kaum noch auf den Beinen halten konnte. „Was meinst du? Dass er verhaftet wurde? Oder dass er für die Serie von Einbrüchen in der Stadt verantwortlich ist? Oh, oder meinst du vielleicht die Tatsache, dass er sich in einen Hund verwandeln kann?"

Bethany sog die Luft durch die Zähne ein. Ihr hellblondes Haar wehte sanft im Wind, und sie saß dort mit einem ihrer Blazer über den Schoß drapiert, obwohl es alles andere als kühl war. Unter anderen Umständen wäre es ein perfekter Sommernachmittag gewesen. So jedoch fühlte es sich eher wie meine persönliche Hölle an.

Genau wie Peter es versprochen hatte, wenn ich aus der Reihe tanzen sollte.

„Wusstest du das?", fragte ich Bethany missbilligend. „Wusstest du von alledem?"

Sie ließ den Kopf hängen und nickte. „Ja, aber ich hätte nie gedacht, dass er dir wehtun würde, Angie. Das musst du mir glauben."

„Ich dachte, wir wären Freunde", erwiderte ich

kalt, geschockt und verletzt über diesen krassen Vertrauensbruch.

„Das sind wir doch", beharrte sie und sah aus, als wolle sie noch etwas sagen, hielt sich aber zurück. Dann seufzte sie und fügte hinzu: „Sind es immer noch, hoffe ich."

Ich verschränkte die Arme vor der Brust, ohne ihr zu antworten. An diesem Tag war mir schon vieles genommen worden, doch auch wenn ich nicht noch mehr verlieren wollte, wusste ich nicht, ob ich Bethany jemals verzeihen könnte. Peter hatte mir schlimme Dinge angetan, die nie passiert wären, wenn sie ihn gar nicht erst eingestellt oder zumindest meinen Zweifeln Beachtung geschenkt hätte.

„Warum bist du hier?", fragte ich sie schroff. Es kümmerte mich im Moment nicht, dass sie meine Chefin war.

„Um zu helfen", antwortete sie leise. „Und um ein paar Dinge zu erklären."

Ich machte eine abweisende Handbewegung. „Na, dann leg mal los."

„Ich habe Peter eingestellt, weil ich dachte, ein ordentlicher Job würde ihm guttun. Ich wollte nie, dass du zu Schaden kommst." Sie sagte das so hastig, dass ich einen Moment brauchte, um es richtig zu verstehen. „*Bitte*, das musst du mir einfach glauben, und wenn es das Einzige ist, was du mir heute glaubst.“

Ich dachte darüber nach, schwieg aber und wartete ab, was da jetzt noch kommen würde. Ich war mir nicht sicher, ob es überhaupt jemals eine ausreichende Erklärung geben könnte, aber wenigstens stand mir endlich jemand Rede und Antwort, ohne mich dabei zu bedrohen oder zu verletzen.

„Ich wusste, dass er sich mit ein paar düsteren Gestalten herumtrieb, aber ich hatte keine Ahnung, wie tief er darin verstrickt war. Ich hatte gehofft, es sei noch nicht zu spät, um ihn da rauszuholen, aber anscheinend lag ich falsch.“ Die meisten Frauen, die ich kannte, hätten in einer solchen Situation geweint, um Mitleid zu erregen, aber Bethany blieb ungerührt. So war sie schon immer.

„Wusstest du von seinen magischen Kräften?“

„*Ja*“, bestätigte sie mir nachdrücklich, kniff die Augen zusammen und gab dann zu: „Weil ich die auch habe.“

Ich starrte sie mit offenem Mund unhöflich an. Ja klar. Natürlich hatte sie die auch. Schließlich war Peter ihr Cousin. „Benutzt du sie ebenfalls, um Leute auszurauben?“, fragte ich schnippisch und gab ein Schnauben von mir.

„Nein", beharrte sie und schüttelte den Kopf. „Ich benutze sie überhaupt nicht."

„Was ist mit den ätherischen Ölen?", murmelte ich und überlegte, ob sich Bethany schon oft seltsam verhalten hatte. Ja gut, sie braute sich jeden Morgen in ihrem Büro Duftmischungen zusammen, wovon sie besessen zu sein schien, doch abgesehen davon war sie mir eigentlich immer völlig normal vorgekommen. „Sind das deine Zaubertränke oder was?"

Ich lachte verbittert, aber Bethany blieb unbeirrt.

„Ich bin keine Hexe", dementierte sie. „Weil es die nämlich nicht gibt."

„Wie soll ich dir glauben? Bis vor ein paar Tagen wusste ich noch nicht einmal, dass es Magie gibt." Ich hielt einen Moment inne und überlegte. „Wo fängt die Magie an und wo hört sie auf? Und woher weiß ich überhaupt, was real ist und was nicht?"

„Das kannst du nicht wissen", sagte sie traurig. „Und es tut mir leid, dass du in diese Welt hineingezogen wurdest. Ich habe nie gewollt, dass das passiert."

„Was hast du dann die ganze Zeit über getrieben?" Es fiel mir schwer, ihr zu glauben. Zu viel war passiert, und ich wusste nicht, ob ich überhaupt wieder jemandem wirklich vertrauen konnte. „Auf einen günstigen Zeitpunkt gewartet oder was?"

Sie sah traurig und verletzt aus, aber ich konnte das nicht wirklich an mich heranlassen. Ich war ebenfalls verletzt worden und hatte einen schmerzhaften Verlust erlitten.

„Lediglich versucht, ein normales Leben zu führen, genau wie du."

„Aber du bist eine von ihnen", erinnerte ich sie.

„Nicht alle magischen Menschen sind schlecht."

„Peter ist schlecht."

„Ja", bestätigte sie seufzend. „Ich hätte ihm gerne auf die richtige Bahn geholfen, aber kam zu spät."

Wir saßen einen Moment schweigend da, während ein Windstoß durch meinen Vorgarten wehte, in dem sich die Gräser wiegten.

„Hast du dich jemals gefragt, warum du mit deiner Katze sprechen kannst?", fragte Bethany mit Tränen in den Augen, die sie wohl zu unterdrücken versuchte. Sie konnte ihren Gefühlen anscheinend immer noch nicht freien Lauf lassen, im Gegensatz zu mir.

Ich heulte hemmungslos. Warum noch dagegen ankämpfen? „Du weißt davon?" Das schockte mich in diesem Augenblick auch nicht mehr. Ich war einfach zu erschöpft.

Sie nickte, hob dann die Jacke auf ihrem Schoß

auf und warf sie mir zu. „Erinnerst du dich an den hier?"

„Es ist einer von deinen hässlichen Blazern."

„Dazu sage ich jetzt mal nichts, weil ich weiß, dass es dir im Moment nicht gut geht", meinte sie und wartete.

Ich strich über den kühlen Stoff, von dem ein Duft nach Wacholder und Zitrone ausging.

„Erinnerst du dich daran, ihn getragen zu haben?", forschte sie erneut nach.

Thompson, mein früherer Chef, hatte mich des Öfteren genötigt, mir von Bethany Kleidung zu leihen, wenn ein wichtiger Kundentermin anstand, damit ich manierlicher aussah.

Und in dem Moment machte es Klick. Das letzte Teil des schrecklichen Puzzlespiels der vergangenen Tage war an seinen Platz gefallen. „Ethel Fultons Testamentseröffnung", japste ich.

„Ja", bestätigte sie nickend. „Verstehst du jetzt, was passiert ist?"

„Der magische Rückstand, den Moss erwähnte. Der war von dir?"

Sie nickte wieder. „Er steckte in meinem Blazer. Der Stromschlag hat die magische Energie verstärkt und auf dich übertragen."

„Aber ich bin nicht magisch", rief ich ungehalten.

„Nein, nicht richtig. Normalerweise verflüchtigt sich so eine Restenergie rasch wieder. Dass das bei dir nicht der Fall war, ist meine Schuld, fürchte ich."

Ich sah sie entsetzt an, wobei mir hunderte von Fragen gleichzeitig durch den Kopf gingen, aber ich brachte nur einziges Wort über die Lippen: *„Warum?"*

„Ich habe dir ja schon gesagt, ich praktiziere keine Magie, was bedeutet, diese Energie geht nirgendwo hin. Viel davon hat sich über die Jahre angestaut. Der Stromstoß hat alles aufgewirbelt und eine Reaktion ausgelöst", erklärte Bethany.

Ich unterbrach sie: „Aber ich kann keine Gedanken von anderen Menschen manipulieren oder anderes Zauberzeugs. Und schon gar nicht kann ich mich in ein Tier verwandeln." Jetzt kam ich mir plötzlich völlig unfähig und unbedeutend vor. Seitdem ich die Fähigkeit erlangt hatte, mit Octocat zu sprechen, war ich überzeugt gewesen, Superkräfte zu besitzen. Was für ein Witz. Tatsächlich gab es echte Supermenschen da draußen, nur leider gehörte ich nicht zu ihnen.

„Du hast eine kleine, aber starke Dosis von der Jacke abbekommen", fuhr Bethany fort, die mich aufmerksam beobachtete. „Die Katze hat auch etwas abgekriegt."

Ich betrachtete sie, wie sie nach Worten rang.

„Er war ganz in der Nähe, und irgendwie hat das eine Verbindung zwischen euch geschaffen. Ich weiß nicht, warum nur diese eine Fähigkeit auf dich abgefärbt hat und warum du sie zwischenzeitlich nicht wieder verloren hast."

„Oh, aber Bethany ... Dann musste ich wieder losheulen, weil mir erneut bewusst wurde, was ich verloren hatte. „Sie ist weg. Octocat und ich – wir können nicht mehr miteinander sprechen."

Dann hatte ich eine wunderbare Eingebung: „Kannst du das reparieren? Kannst du alles wieder so machen, wie es vorher war?"

Bethany biss sich auf die Unterlippe und atmete tief durch die Nase ein. „Ich benutze keine Magie", betonte sie nochmals. „Aber für dich bin ich bereit, es zu versuchen."

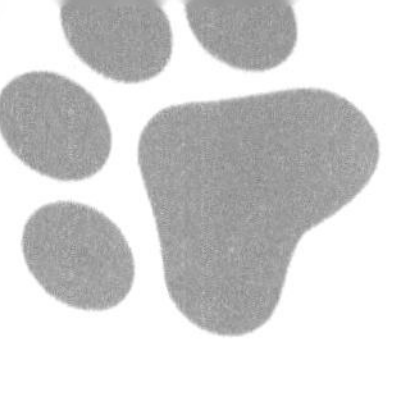

20

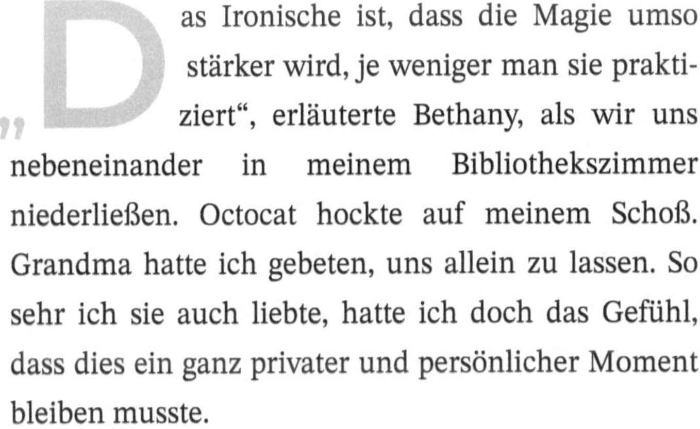

„Das Ironische ist, dass die Magie umso stärker wird, je weniger man sie praktiziert", erläuterte Bethany, als wir uns nebeneinander in meinem Bibliothekszimmer niederließen. Octocat hockte auf meinem Schoß. Grandma hatte ich gebeten, uns allein zu lassen. So sehr ich sie auch liebte, hatte ich doch das Gefühl, dass dies ein ganz privater und persönlicher Moment bleiben musste.

„Es ist alles Teil des großen Gleichgewichts", fuhr Bethany fort, während ich auf die Bäume starrte, die sich draußen sanft im Wind wiegten. „So werden die Machthungrigen davon abgehalten, übermächtig zu werden. Und so bleibt die magische Welt geheim und intakt."

„Moss hat so etwas erwähnt", sagte ich nickend und dachte an die unangenehmen Stunden im Terrarium zurück.

„Wie schon gesagt, dadurch, dass ich sie nicht aktiv anwende, ist meine Magie extrem stark", fuhr Bethany fort. „Aber ich bin keine Expertin darin, sie zu kontrollieren. Ich kann versuchen, etwas davon auf dich zurückzuübertragen, aber es kann auch sein, dass es nicht funktioniert." Sie schluckte schwer. „Es könnte passieren, dass du dabei verletzt wirst."

„Das Risiko ist es wert", sagte ich ohne zu zögern und streichelte Octocat dabei. „Ich bin bereit."

„Unsere beste Chance, das richtig hinzubekommen, ist, die Szene bei der Testamentseröffnung so exakt wie möglich nachzustellen. Deshalb habe ich dir den Blazer mitgebracht." Sie nickte in Richtung des zerknitterten Kleidungsstücks auf meinem Schoß und griff dann nach der Stofftasche, die sie auch noch dabeihatte.

Als ich sah, was darin steckte, sprang ich vor Schreck auf. „Halt das Ding von mir fern!", kreischte ich und hielt mir die Hand vor die Augen. Es war die alte Kaffeemaschine aus dem Büro, die mich schon einmal fast umgebracht hatte, und zweifellos würde sie das heute wieder versuchen.

„Aber wir müssen nachstellen, was an jenem Tag

passiert ist", erinnerte mich Bethany. „Es tut mir leid, aber das ist der sicherste Weg, damit die Sache auch wirklich funktioniert."

Ich zitterte heftig, als ich das verhasste Gerät betrachtete. Würde ich das durchstehen? Könnte ich mich meiner ja nun doch sehr berechtigten Angst stellen, und vor allem, würde ich das überleben?

Octocat miaute und rieb sich an meinen Knöcheln. Als ich mich zu ihm hinunterbeugte, um ihn zu streicheln, schnurrte er laut und leckte mir mit seiner rauen Zunge übers Gesicht. Dann sprang er zurück auf die Fensterbank und rieb seinen Kopf an der Kaffeemaschine, wobei er mich die ganze Zeit herausfordernd ansah.

Ich musste lächeln, obwohl ich immer noch vor Angst schlotterte. „Wenn er davon überzeugt ist, dann bin ich es auch. Ähm, ist es okay, wenn ich vorher meine Augen schließe?"

„Mach es, wie es für dich am besten ist", erwiderte Bethany und stellte die Kaffeemaschine neben der nächsten Steckdose auf. „Ich habe mir erlaubt, das Kabel etwas aufzuschlitzen. Dann klappt das mit dem Stromschlag bestimmt besser."

Na wunderbar.

Octocat miaute wieder. Er glaubte an mich, glaubte an uns. Ich würde alles tun, um für uns zu kämpfen, selbst wenn es bedeutete, mich blindlings in die Gefahr zu stürzen.

Bethany legte beide Hände auf meine Schultern, und ich spürte, wie sich ein warmes, angenehmes Gefühl durch ihren Blazer auf mich übertrug. „Bist du bereit?", fragte sie und zog ihre Hände weg.

Ich nickte und kniff die Augen fest zusammen, während sie mich zu meiner potenziellen Todesfalle führte. Octocat wich nicht von meiner Seite, und als ich das Kabel mit geschlossenen Augen nicht finden konnte, schob er meine Hand in die richtige Richtung.

Es gab nur noch eine Sache zu tun.

Mit einem tiefen Atemzug – von dem ich hoffte, dass es nicht mein letzter sein würde – nahm ich das Netzkabel und steckte es in die Steckdose. Als der Stromschlag durch meinen Körper schoss, brach ich zusammen und fiel lächelnd in Ohnmacht.

* * *

„Angie? Angie? Bist du okay?" Bethany hielt meinen Kopf in ihrem Schoß, als ich zu mir kam.

„Was ist passiert?" Ich fühlte mich benommen.

„Hat es funktioniert?", fragte sie aufgeregt, ohne auf meine Frage einzugehen.

Sie half mir, mich aufzusetzen, und ich blickte mich im Raum um. Wir waren bei mir zu Hause in der Bibliothek, meinem hochheiligen Zufluchtsort. Aber warum?

Octocat näherte sich mir vorsichtig, fast so, als könne er sich bei mir mit irgendetwas anstecken. „Igitt", sagte er. „Du riechst immer noch wie dieses Kellerloch."

Tränen stiegen in mir hoch, und plötzlich erinnerte ich mich wieder an alles. „Du kannst sprechen", stammelte ich und schluchzte laut.

Bethany jubelte und reckte eine Faust in die Luft.

Octocat schüttelte erstaunt den Kopf. „Natürlich kann ich sprechen. Das konnte ich schon immer. Aber du kannst mich jetzt wieder verstehen. Oh, bei meinem Barte, ich habe dir so viel zu erzählen."

„Es hat funktioniert", schluchzte ich. „Ich bin wieder magisch."

Bethany legte sanfte ihre Hand auf meine Schulter. „Ich glaube, du hast das Ganze falsch verstanden. Weißt du, es ist so, du selbst bist nicht magisch, aber das Band, das euch beide verbindet, ist es."

„Das klingt zu schön, um wahr zu sein, wie ein Märchen", witzelte ich.

„Na ja, märchenhaft ist es nicht gerade, eher ziemlich bizarr."

Für Ironie hatte meine Chefin wohl einfach nichts übrig, aber ich umarmte sie trotzdem ganz feste. „Vielen Dank, dass du uns geholfen hast."

„Hey, sei besser nicht zu nett zu ihr", warnte Octocat und rümpfte angewidert die Nase. „Sie ist auch ein Hund."

„Du bist ein Hund? Wie Peter?"

Sie nickte. „Ich kann mich in einen Pitbull verwandeln. Ich habe das in meiner Schulzeit ein paar Mal genutzt, um Jungs zu verscheuchen, die hundsgemein zu mir waren", erzählte sie kichernd.

„Und was machen wir jetzt?", wollte ich wissen.

Bethany seufzte und schaute zur Tür. „Leider muss ich gehen."

„Okay, aber wir sehen uns morgen bei der Arbeit, ja?"

Sie schüttelte den Kopf. „Ich muss weg aus Glendale. Jetzt, wo die Magie aufgedeckt wurde, ist es hier für mich hier nicht mehr sicher."

Dass Bethany uns verlassen wollte, machte mich traurig, aber ich konnte sie auch verstehen. „Was ist mit Peter und Moss? Werden sie auch gehen?"

„Peter kommt mit mir, sobald ich die Kaution für ihn bezahlt habe. Moss hingegen wird – nun, er wird noch eine Weile hier sein."

„Warum? Was ist passiert?"

„Peter hat Moss an die Polizei ausgeliefert, damit er sich aus der Anklage herausreden kann."

„Typisch", erwiderte ich spöttisch.

„Ich nehme ihn mit nach Georgia. Das ist so etwas wie die magische Hauptstadt der Welt."

„Atlanta?"

„Nein, eine viel kleinere Stadt namens Peach Plains."

„Kannst du mir noch einen Gefallen tun, bevor du gehst?"

„Wenn ich das kann, gerne, aber denk dran, meine magischen Kräfte sind etwas unberechenbar."

„Kannst du dieses Gedächtnisding bei mir machen?" Ich sah sie flehend an, denn eine zweite Gelegenheit würde es nicht geben, das wusste ich.

Bethany starrte mich verwirrt an. „Warum willst du das?"

Ich zuckte mit den Schultern, obwohl ich mich bereits fest entschieden hatte. „Ich fand meine Welt besser, als alles noch normal war. Wenn die Magie sowieso bald wieder aus ihr verschwindet, dann möchte ich mich lieber gar nicht mehr an all das erinnern."

Bethany dachte eine Sekunde lang darüber nach, bevor sie zustimmend nickte. „Aber dir ist schon klar, dass du dich dann auch nicht mehr daran erinnern wirst, warum du mit deiner Katze sprechen kannst? Und wenn jemals wieder etwas schiefgeht, weißt du nicht, wen du um Hilfe bitten kannst."

Das war natürlich durchaus ein Argument, aber es konnte mich trotzdem nicht umstimmen. „Wir sind doch jetzt gute Freunde, Bethany, oder?"

Sie lächelte mich an und umarmte mich kurz. „Natürlich."

„Dann schau doch bitte einfach ab und zu nach uns. Komm vorbei und vergewissere dich, dass es uns gut geht."

„Das mache ich auf jeden Fall", versprach sie. „Also, bevor ich das versuche, bist du sicher, dass du das alles vergessen willst?"

„Ja, absolut sicher, das ganze Zauberzeugs."

Bethany hob einen Arm und ließ die Hand kreisen, wie ich es schon bei Peter und Moss gesehen hatte. Bald würde ich mich an nichts mehr von der ganzen Geschichte erinnern.

Ich sah zu, wie sich ihre schlanken Finger anmutig vor meinem Gesicht bewegten. Bethany war schon immer sehr zierlich gewesen. Dass sie sich ausgerechnet in einen Pitbull verwandeln konnte, fand ich ziemlich lustig. Der Gedanke gefiel mir, auch wenn er gleich weg sein würde ...

„*So*," meinte sie und blinzelte mich neugierig an. „Wie fühlst du dich jetzt?"

„Ein bisschen benebelt", antwortete ich und fragte mich, warum mir plötzlich so schwindelig war. „Können wir etwas frische Luft reinlassen?"

„Klar doch!" Sie kniete sich auf die Polster meiner gemütlichen Sitznische und öffnete die darüber liegenden Fenster ganz weit. Komisch, ich konnte mich nicht einmal daran erinnern, Bethany eingeladen zu haben, geschweige denn, worüber wir bisher gesprochen hatten.

„Ach, was für ein schöner Tag es doch noch geworden ist", meinte Octocat, der nun zufrieden seufzend neben mir am Fenster stand.

Wir streckten beide unsere Nasen hinaus und sogen die süßliche Sommerluft ein. Ich schloss die Augen und spürte die warmen Sonnenstrahlen im Gesicht. Was für ein perfekter Tag. Nur was hatten wir bloß die ganze Zeit gemacht? Doch einer Sache war ich mir gewiss, nämlich dass ich glücklich war – und über alle Maßen dankbar.

„Was macht die Katze da?", fragte jemand von so nah, dass ich erschrak.

„Glaubst du, sie wird uns hinterherjagen?", meinte eine andere Stimme laut.

„Hört auf, dumme Fragen zu stellen, fliegt

einfach weiter und bringt euch in Sicherheit“, erwiderte ein Dritter.

Ich öffnete meine Augen gerade noch rechtzeitig, um zu sehen, wie drei Möwen vom Dach flogen.

Ich wollte Octocat unbedingt fragen, ob er sie auch gehört hatte, aber Bethany stand immer noch nahe bei uns, und sie sollte das nicht erfahren.

Aber eines wusste ich mit Sicherheit: Diese Vögel hatten miteinander gesprochen.

Und ich hatte jedes Wort verstanden.

Wie geht es weiter?
Finde es schnell heraus …

Tierische Täuschung **ist jetzt erhältlich.**

Sichere dir noch heute dein Exemplar, damit du direkt mit der Fortsetzung dieser verrückten Krimiserie weiterlesen kannst!

*** * ***

Und vergiss nicht, dich in Mollys Liste einzutragen, damit du über alle Neuerscheinungen, monatlich stattfindende Verlosungen und weitere coole

Aktionen (einschließlich jeder Menge Katzenfotos) informiert bleibst.

Hole dir noch heute dein persönliches Exemplar und fange direkt an zu lesen.
Katzengeheimnisse.com/abonnieren

WIE GEHT ES WEITER?

Was ist noch schlimmer, als einen hochnäsigen sprechenden Kater als besten Freund zu haben? Wenn er auf unerklärliche Weise verschwindet ...

Octocat ist weg, und alles deutet darauf hin, dass er entführt wurde. Bei der wachsenden Zahl von Leuten, die wir beide schon hinter Gitter gebracht haben, ist es nicht gerade eine Überraschung, dass jemand auf Rache aus ist.

Aber wie soll ich es jemals schaffen, dieses Verbrechen ohne die Hilfe meines vierbeinigen Partners aufzuklären?

Die einzige andere Person, die mir vielleicht helfen könnte, ist gerade nach Georgia umgezogen. Jetzt bin ich so verzweifelt, dass ich alles tun würde, um ihn wiederzubekommen, selbst wenn ich dafür mein Geheimnis vor ganz Blueberry Bay enthüllen muss.

Alles würde ich geben, um ihn sicher nach Hause zu bringen. Oh, Octocat. Wo bist du nur hin?

Hole dir noch heute dein persönliches Exemplar und fange direkt an zu lesen.

Viel Spaß!

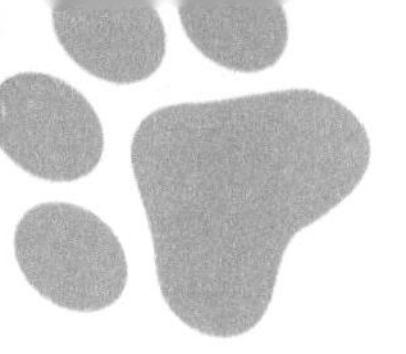

KURZE VORSCHAU
TIERISCHE TÄUSCHUNG

Mein Name ist Angie Russo, und ich bin ein Katzenmensch.

Das ist eigentlich das Wichtigste, was es über mich zu berichten gibt.

Da sind zwar noch ein paar andere Dinge, die mich ausmachen, etwa dass ich in Teilzeit als Anwaltsgehilfin und nebenberuflich als Privatdetektivin arbeite, dass ich in einer riesigen Villa an der Ostküste der Vereinigten Staaten lebe oder dass meine verrückte Großmutter eine meiner besten Freundinnen ist. Auch die Tatsache, dass ich es trotz meiner Unentschlossenheit geschafft habe, sieben College-Abschlüsse zu erlangen, ist nicht gerade gewöhnlich.

Doch das sind alles eher Nebensächlichkeiten.

Das Wichtigste an mir ist definitiv, dass ich eine Katze habe, besser gesagt, einen Kater.

Dabei handelt es sich beileibe nicht um einen normalen Hauskater, denn der kleine Kerl textet mich ständig zu. Ja genau, er spricht, und zwar *ziemlich viel.* Im Grunde hält er fast nie die Klappe.

Katzen haben ja allgemein den Ruf, ziemlich anspruchsvoll zu sein, aber glaubt mir, eure sind Zucker gegen meinen Haustiger.

Er frisst ausschließlich ein ganz bestimmtes Gourmetkatzenfutter, *Fancy Feast,* und auch nur ausgewählte Geschmacksrichtungen davon. Servieren darf ich ihm dieses ausschließlich in einem bestimmten Porzellanschälchen, und zwar zu genau von ihm festgelegten Tageszeiten. Außerdem trinkt er einzig und allein Evian. Ich habe in der Vergangenheit ein paar Mal versucht, ihn auszutricksen, da seine extravaganten Vorlieben natürlich Extrakosten verursachen, aber er hat den Unterschied tatsächlich sofort bemerkt und mich übelst dafür büßen lassen.

Das tue ich mir nicht noch einmal an, und um ehrlich zu sein, letztlich ist das Geld auch egal, denn mein Kater ist finanziell bestens aufgestellt: Er verfügt über einen nicht unerheblichen Treuhandfonds, den er von seiner früheren Besitzerin, die ermordet wurde, geerbt hat. Es war pures Glück, dass er und ich zusammengefunden haben –, das heißt, wenn man eine Nahtoderfahrung durch eine defekte Kaffeemaschine als „Glück" bezeichnen kann.

Ich empfinde es jedoch so.

Ich liebe mein Leben, und es gibt nicht viel, das ich daran ändern würde. Nur meinen Job als Anwaltsgehilfin will ich demnächst aufgeben, um Vollzeit als Detektivin zu arbeiten. Meinen Kater hole ich natürlich mit ins Boot – als Geschäftspartner. Er schaut sich so viele Krimis und juristische TV-Shows an, dass sein Wissen wahrscheinlich für einen Ehrendoktortitel in Strafrecht reichen würde. Und eine scharfe Waffe trägt er auch stets bei sich. Seine Krallen kamen schon öfters zum Einsatz, wenn wir in heikle Situationen gerieten.

Manchmal übertreibt er es allerdings etwas mit der Anwendung von Gewalt und seiner Fernsehsucht, doch davon abgesehen besitzt er viele einzigartige Fähigkeiten, die ihn zu einem unverzichtbaren Co-Ermittler machen. Da wäre zunächst einmal die Tatsache, dass er und ich miteinander kommunizieren können. Er ist einfach ein kleines Superhirn, und wer rechnet schon damit, von einer neugierigen Katze belauscht zu werden?

Außerdem steht uns meine Großmutter zur Seite. Früher glänzte sie in ihren Rollen am Broadway, und jetzt unterstützt sie uns bei unseren Fällen mit ihrem schauspielerischen Talent. Wir mögen ein recht ungewöhnliches Team sein, ergänzen uns aber super.

Scooby Doo kann einpacken!

Mein Spezialgebiet liegt in der Recherche. Ich liebe es, mir über die kleinsten Details, die uns auffallen, den Kopf zu zerbrechen, jeder noch so vagen Vermutung nachzugehen und alles über die Hintergründe herauszufinden.

Ich habe ein nahezu fotografisches Gedächtnis und ein Faible für Notizen-Apps und dergleichen, fühle mich allerdings in letzter Zeit mitunter ein wenig benebelt, sodass auf meinen Kopf nicht immer Verlass ist.

Normalerweise vergesse ich selten etwas, aber seit dieser neue Mitarbeiter, Peter Peters, in der Kanzlei angefangen hat, passiert mir das öfters. Diesen Kerl konnte ich von vornherein nicht leiden und bin mir ziemlich sicher, dass er etwas mit meinem verwirrten Zustand zu tun hat, kann mich aber einfach nicht mehr erinnern, warum.

Glücklicherweise wird er bald wieder weg sein. Nur leider nimmt er seine Cousine Bethany mit, die ich als Anwaltspartnerin der Kanzlei und inzwischen auch als gute Freundin zu schätzen gelernt habe. Sie werde ich definitiv vermissen. Ich verstehe jedoch, dass sie für ihre Familie da sein will, selbst wenn Peter der gruseligste Typ ist, den ich je getroffen habe.

Offen gestanden ist es wahrscheinlich ohnehin Zeit für mich, die Kündigung einzureichen. Das hieße jedoch, meinen heimlichen Schwarm zu enttäuschen, und deshalb habe ich das bisher nichts übers Herz gebracht. Ich stehe nämlich auf den Seniorpartner der Kanzlei, Charles Longfellow. Früher lebte er in Kalifornien, zog jedoch vor nicht allzu langer Zeit hierher und hat sich rasch hochgearbeitet. Kein Wunder, denn Charles ist ein fantastischer Anwalt und dabei nur ein paar Jahre älter als ich. Ja gut, manchmal muss man Glück haben – wie ich mit Octocat.

Wahrscheinlich hätte ich ihn schon längst gefragt, ob wir uns mal privat treffen, aber er hat seit Kurzem eine Freundin. Eine schreckliche Person. Ich kann sie absolut nicht ausstehen und nicht nur, weil sie zwischen mir und ihm steht (wir wären das Traumpaar schlechthin, das weiß ich einfach), sondern weil sie gemein, hinterhältig und immer total unfreundlich ist.

Vor ein paar Monaten stand sie sogar auf meiner Liste von Mordverdächtigen, ebenso wie ihr Bruder, der beinahe verurteilt worden wäre, doch beide traf keine Schuld, das konnten wir beweisen. Auch den

Mord an einer prominenten Senatorin, die bei mir direkt nebenan wohnte, haben wir aufgeklärt.

Ich bin also bestens vorbereitet, um mich als Vollzeit-Privatdetektivin selbstständig zu machen, würde allerdings deutlich lieber Wirtschaftskriminelle durch die Stadt jagen als verrückte Mörder, denn unsere letzten Einsätze waren ganz schön gefährlich. Es liegt nahe, dass sich irgendwann einer von diesen Verbrechern, die wir in den Knast gebracht haben, an mir und meinem Kater rächen will.

Doch was immer geschehen mag, auf meine Spürnase kann ich mich hoffentlich verlassen …

* * *

Als ich an diesem sonnigen Nachmittag von der Arbeit heimkam und das Haus betrat, wäre ich um ein Haar mit Großmutter zusammengestoßen.

„Sieh mal, was ich heute in meinem Kunstkurs für dich gemacht habe!", rief sie fröhlich, völlig unbeeindruckt von der Tatsache, dass ich sie beinahe in eines der antiken Buntglasfenster befördert hätte, die die Seiten unserer Eingangstür zierten.

Ich trat einen Schritt zurück und studierte das große Metallschild, das sie in ihren vom Alter gezeichneten Händen hielt und las laut, was darauf stand: „Pet Whisperer, P.I.". Die Tierflüsterer-Privatdetektivin. Um es mir genauer anzusehen, wollte ich es ihr abnehmen, doch dabei hätte ich es beinahe fallen gelassen, denn mit einem solchen Gewicht hatte ich nicht gerechnet. „Uff, das Ding ist wirklich schwer!"

„Es ist ja auch nicht aus Pappe, Liebes", erwiderte Grandma mit einem tadelnden Blick.

„Was für ein Kunstkurs ist das eigentlich?" Ich bewunderte, wie sie aus den verschiedenen Restmetallstücken dieses neue, schöne Schild erschaffen hatte.

„Es ist ein bisschen von allem – Skulptur, Schweißen, Landschaftsmalerei, Stillleben, Aktbilder." Bei Letzterem zwinkerte sie mir zu, und ich ahnte, dass sie sich im Grunde nur deshalb dort angemeldet hatte.

„Das klingt ja echt spannend", meinte ich lachend. Langeweile kannte Grandma sowieso nicht. Sie probierte gerne immer wieder neue Sachen aus, um sich die Zeit zu vertreiben. Jetzt hatte sie sich anscheinend vorgenommen, mein streng gehütetes Geheimnis in ganz Blueberry Bay bekannt zu machen.

Sie musste meinen leicht nervösen Gesichtsausdruck bemerkt haben, denn sie erklärte rasch: „Es ist für dein Geschäft, Liebes. Schließlich bin ich deine Assistentin, und da dachte ich mir, ich könnte mich nützlich machen."

„Aber das mit der Detektei ist doch noch gar nicht offiziell." Ich liebte meine Großmutter über alles und fand es toll von ihr, dass sie mir helfen wollte, aber jetzt fühlte ich mich zusätzlich unter Druck gesetzt, meinen großen Karrieresprung endlich in die Tat umzusetzen.

„Ja, du musst das wirklich bald konkret angehen." Sie zog die Brauen hoch und nickte mir aufmunternd zu.

Ich stöhnte auf, obwohl sie damit absolut recht hatte. „Okay, aber ich will nicht, dass jemand etwas davon erfährt, dass ich wirklich mit Tieren sprechen kann, ja?" Diese seltsame Sache beschäftigte mich seit Wochen.

Auch wenn meine Erinnerung mich teilweise im Stich ließ, waren meine Sinne irgendwie geschärft. Ich wusste immer noch nicht, wie und warum ich mit Octocat sprechen konnte, und in letzter Zeit hatte ich außerdem noch andere Tiere verstehen können.

Erst die Vögel auf dem Dach, dann ein Eichhörnchen in meinem Garten und sogar einen Hirsch, den ich in dem an unsere Villa angrenzenden Wald aufgeschreckt hatte. Allerdings funktionierte diese neue

Fähigkeit nicht in jeder Situation, und eigentlich war mein Leben ja auch so schon kompliziert und verrückt genug.

Bisher hatte ich immer nur Octocat verstehen und mich mit ihm unterhalten können. Würde ich jetzt etwa eine richtige Frau Dr. Dolittle werden? Ich wusste noch nicht, was ich davon halten sollte. Wenn sich das in der Tierwelt herumsprach … womöglich würden dann demnächst zahlreiche Viecher bei mir auf der Matte stehen, sich bei mir beklagen oder mich mit Hilferufen und rechtlichen Forderungen bombardieren.

Ich wüsste überhaupt nicht, wie ich damit umgehen sollte. Schließlich war ich keine Staranwältin, sondern nur Assistentin in einer Kanzlei, und so sehr liebte ich die Gesetze nun auch wieder nicht, außer dass ich mich in meinem täglichen Leben meist daran halte.

„Wo ist Octocat?", fragte ich Grandma und warf einen Blick die große Treppe hinauf, konnte ihn jedoch nirgends entdecken. Normalerweise hielt er sich zu dieser Tageszeit gerne dort oben auf, weil die Sonne dann durch die Dachfenster fiel und einen warmen Platz zum Dösen für ihn zauberte.

„Er muss hier irgendwo sein, da bin ich mir sicher", antwortete sie gedankenverloren. Dabei nahm sie das Schild wieder an sich und betrachtete es zufrieden lächelnd.

„Wann hast du ihn denn zuletzt gesehen?", forschte ich nach und ging los, um seine anderen Lieblingsschlafplätze zu checken. Vielleicht hatten ihn heute ein paar Wolken bei seiner üblichen Routine gestört – ansonsten würde er diese nicht freiwillig aufgeben, das wusste ich genau.

Irgendetwas stimmte nicht, und ich musste schnell herausfinden, was, sonst wäre der Tag für mich gelaufen.

Grandma kam herüber und tätschelte mir beruhigend die Schulter. „Also, bei meinem Vormittagstee heute war er noch da. Wir haben uns nämlich zusammen eine Folge von *Criminal Intent* angeschaut. Das ist erst gut zwei Stunden her. Ich bin sicher, es ist alles in Ordnung, Liebes."

Aber ich war mir da ganz und gar nicht sicher.

Erst vor ein paar Wochen hatte ich ihn kurzzeitig verloren, bis er, wie von Geisterhand, plötzlich auf Caraway Island wieder auftauchte, was mich weiterhin vor Rätsel stellte. Wie war er bloß dorthin gekommen? Ich konnte mich nicht einmal daran erinnern, dass Grandma und ich ihn dort abgeholt hatten. Im Moment wusste ich nur, dass ich meinen Kater finden musste, und zwar sofort.

„Hilfst du mir, ihn zu suchen, Grandma?"

Sie nickte und verstaute das Metallschild im Schrank, und dann durchstöberten wir jeden Winkel nach ihm, drinnen und im Garten.

„Also, das ist echt merkwürdig", seufzte Grandma und kratzte sich am Kopf. „Vielleicht ist er nur spazieren gegangen und hat die Zeit vergessen."

Aber so tickte mein Kater nicht. Er besaß eine innere Funkuhr. Wenn ich nur versuchte, eine Minute länger zu schlafen, bekam ich zu hören, wie enttäuscht er von mir war. Er schlüpfte zwar dann und wann durch seine Katzenklappe nach draußen, jedoch entfernte er sich nie weit bei seinen Spaziergängen.

Zumindest nicht bis heute.

Am Ende unserer Einfahrt tauchte ein weißes Auto auf, das sich beim Näherkommen als der Postwagen entpuppte.

„Was für ein schöner Tag, nicht wahr?", trällerte die Postbotin Julie, während sie in ihrem Sack wühlte. Sie reichte mir einen kleinen Stapel Briefe. „Nicht viel heute." Und schon flitzte sie weiter.

„Danke, Julie!", rief ich ihr hinterher und blätterte rasch die Umschläge durch – Werbung, Rechnungen, Werbung.

Doch dann erstarrte ich. Auf einem stand kein

Absender, und adressiert war dieser Brief an „*Octavius Fulton*".

Ja, an meinen Kater.

Ich schluckte schwer und riss ihn unvermittelt auf.

Hole dir noch heute dein persönliches Exemplar und fange direkt an zu lesen.

ÜBER MOLLY FITZ

Obwohl USA-Today-Bestsellerautorin Molly Fitz genau genommen nicht mit Tieren sprechen kann, führen sie und ihre drei tierischen Co-Autoren oft tiefgründige und lebhafte Gespräche, während sie den alltäglichen Dingen des Lebens nachgehen.

Molly lebt mit ihrem Kind und ihrem eigenen Privatzoo irgendwo in der Wildnis von Alaska. Gelegentlich wagt sie sich hinaus, um ein exquisites Essen zu genießen, einen guten Kaffee zu trinken oder neue Tierfreunde zu treffen.

Erfahre mehr über Molly und ihre deutschen Veröffentlichungen, indem du dich gleich für ihren Newsletter anmeldest:

www.katzengeheimnisse.com

MISS DOLITTLES GEHEIMNIS

Angie Russo hat sich gerade mit dem ersten sprechenden Katzendetektiv von Blueberry Bay zusammengetan. Gemeinsam mit seiner bunt zusammengewürfelten Schar menschlicher und tierischer Helfer ist Octocat fest entschlossen, jede Situation zu retten – solange sie nicht mit seinem persönlichen Zeitplan kollidiert.

Viel Spaß mit Band 1 – **Kommissar Katerchen**

MERLINS MAGISCHE ABENTEUER

Gracie Springs ist keine Hexe … ihr Kater hingegen schon. Jetzt muss sie alles in ihrer Macht Stehende tun, um sein Geheimnis zu wahren, oder sie riskiert, den Rest ihres Lebens in einem magischen Gefängnis zu verbringen. Zu dumm, dass sie den Ärger geradezu magnetisch anzuziehen scheint!

Viel Spaß mit Band 1 – **Merlin findet eine Vertraute**

AGENTUR FÜR PARANORMALE ZEITARBEIT

Tawny Bigfords gewöhnlich zu nennendes Leben nimmt eine magische Wendung, als sie über die Leiche ihrer Vermieterin stolpert und von einer sprechenden schwarzen Katze rekrutiert wird, die Rolle der Verstorbenen als offizielle Stadthexe von Beech Grove, Georgia, zu übernehmen.

Viel Spaß mit Band 1 – **Eine Hexe für alle Gelegenheiten**

DAS GEISTERHAFTE GÄSTEHAUS (MIT TRIXIE SILVERTALE)

Sydney Coleman hat alles erreicht – und doch steht sie irgendwann vor dem Nichts. Gerade, als sie ihr neues Bed and Breakfast eröffnen will, stellt sich ihr ein Geistertrio auf Schritt und Tritt in den Weg. Die Geister bestehen darauf, dass sie den Mord an ihrer Herrin aufklärt, aber Sydney braucht dringend Geld. Wenn nicht bald ein paar zahlende Gäste eintreffen, ist ihre Spukvilla dem Untergang geweiht.

Viel Spaß mit Band 1 – *Mörderischer Mondschein*

VERBINDE DICH MIT MOLLY

Wenn du ebenfalls ein großer Fan von spannenden, schrägen Tierkrimis bist, sollten wir unbedingt Freunde werden.

Wie wäre es, wenn du direkt einmal meine Facebook-Seite besuchst, die ich speziell für meine treuen deutschen Leser eingerichtet habe? Hier der Link dazu:

Facebook.com/Katzengeheimnisse

Oder melde dich für meinen Newsletter an und sichere dir als Abonnent gratis ein digitales Geschenkpaket, einschließlich einer exklusiven Kurzgeschichte über Octocat:

Katzengeheimnisse.com/Abonnieren

www.ingramcontent.com/pod-product-compliance
Lightning Source LLC
Chambersburg PA
CBHW020410110726
47899CB00006B/1933